U0063985

劍橋語絲

金耀基著

金耀基（King Yeo-Chi, Ambrose）

著名社會學家、政治學家、教育家、散文家和書法家。一九三五年生，浙江天台縣人。台灣大學法學學士，台灣政治大學政治學碩士，美國匹茲堡大學哲學博士。曾任香港中文大學新亞書院院長，社會學系主任，社會學講座教授，大學副校長、校長等職。先後於英國劍橋大學、美國麻省理工學院訪問研究，美國威斯康辛大學、德國海德堡大學任訪問教授。二〇〇四年自大學退休。現為香港中文大學榮休社會學講座教授，台灣中研院院士（一九九四至今），西泠印社社員。

與妻元禎在聖約翰書院的劍河畔的水仙小徑（攝於 1975 年 3 月）

與妻元禎及三子在皇后學院的數學橋（攝於 1975 年 8 月）

妻元禎與四子潤生、潤之、潤宇、潤賓在聖約翰學院前
（攝於 1975 年 10 月）

妻元禎及四子在克蘭亞學院住宅（攝於 1975 年 9 月）

與妻元禎及潤之、潤賓在克蘭亞學院的後園劍河畔（攝於 1976 年 3 月）

在牛津大學萬靈學院前（攝於 1976 年 4 月）

目錄

代序：
談談我三本「語絲」的今生來世

（一）

　　假如我沒有到過劍橋、海德堡、敦煌，就不會有《劍橋語絲》、《海德堡語絲》及《敦煌語絲》三書；我去了劍橋、海德堡、敦煌三座獨有風姿的城市，如果沒有寫這三本「語絲」，便不止有負這三座名城，也有負自己的「文學之我」。

　　我終其一生，以學術（社會學）書寫為志業，先後出版的中、英著作百萬餘言，但我始終對文學有不可或離的興趣，一有自由自在的日子，便會書寫起舒我胸臆的散文來。

（二）

　　一九七五——一九七六年，我從香港中文大學得到一年的長假，並受邀到英國劍橋大學（十個月）與美國劍橋的 M.I.T（二個月）作訪問學人。到了

劍橋，一抬眼，便見到徐志摩沒有帶走的那片雲彩，由於劍橋不尋常的美，不尋常的迷人，我內心的詩意衝動便促使我寫了十幾篇在劍橋的所見、所思、所感。這便是我一九七七年出版的第一本散文集《劍橋語絲》。《劍橋語絲》一問世，就有洛陽紙貴的效應，很似我一九六六年發表的《從傳統到現代》第一本講中國現代化的學術著作。報章上出現了不少有讚美的評論（部分可見我〈語絲的知音〉一文）。我這裏只想引述當年台灣文學界聞人張佛千先生（他曾是台灣新聞處處長，但我從未識面）給我信中的二段話，他說：「……您寫劍橋，文章好到使我不想親身去看劍橋，而願意『讀遊』……您的魔筆引導我走進劍橋，不僅看到屋宇、草坪、橋、河等，以及活動其中的人物的風徽，更引導我們走進古代的劍橋，劍橋的深處。我想，從來沒有一個人的筆下所能有這樣使人『讀遊』的魔力。」又說：「對於大作，剪置案上，句句皆美，選摘為難，這真是最精美的散文詩，遠逾徐志摩、聞一多諸人之作，自有新文學以來所未有也」。（見我的《人間有知音：金耀基師友書信集》香港中華書局，二〇一八年，頁二九〇－二九一）

說實話，我讀到張佛千這樣的名士如此推美，

我是有些醉意的。不過,《劍橋語絲》帶給我最大的快樂是我父親、業師王雲五和美學老人朱光潛的稱許和讚賞。一九七七年出版的《劍橋語絲》迄今已近半個世紀,想不到以文學評論著名的黃維樑教授在其二〇二二年出版的《文學家之徑》中,指《劍橋語絲》中的一些細膩的書寫體現的是我的「陰陽美學」,是傲立散文界的一種獨特文體,並稱我是學術界、藝術界、教育界的一種「金光燦爛」的「稀有金屬」。這倒是令我怦然心動的稀有稱謂!有一點,我是有自信的,五百年後劍橋仍巍然存在,《劍橋語絲》讀者中亦必有像黃維樑一樣的懂書人。

(三)

一九八五年,我自新亞書院院長退下,得到大半年的長假,並受德國海德堡大學之邀,出任社會學訪問教授。我之去海德堡,主因海德堡大學是二十世紀初社會學宗師麥克斯・韋伯(Max Weber)講學著述之所,我特別希望到「韋伯學」專家施洛克特(W. Schluchter)教授主持的海大社會學所,那是「韋伯學」研究的中心。一九七六年初夏我曾從劍橋到海德堡小遊,即使已習慣了

劍橋的美，我仍然為海德堡的美所眩惑。一九八五年，我在海城剛飄下第一片落葉的初秋，重臨舊地，越發感到這山水之城的綺麗和嫵媚，怪不得海德堡一向有令人「失魂之城」的美譽。在海大，除了作幾次學術報告，我是絕對自由自在的，也因此，我去過德國幾個主要的大學小城，也幾乎訪遍西德的歷史名都。我到過與海德堡齊名的奧地利薩爾斯堡，也在作客西柏林的柏林高等研究院（The Berlin Institute for Advanced Study）後，通過柏林牆，還不請自去到東德東柏林的漢堡大學，並在學生餐廳與十數位年輕學子大談東西德統一的「能不能」和「好不好」的問題。

我在海德堡半年，一百多個寧靜的日子，不止讓我有時間讀書研究，還真正有機會冷靜地思考。這是我第二次到德國，但卻是我第一次「發現」德國，我先後在海城的尼加河畔和瑪茲街兩個羈旅的客舍裏寫了十篇隨感式的散文，我用不少筆墨寫海城之秋以及與秋有關的種種，但我落筆最重的是對德國的文化、歷史、政治的所見、所思與所感。這些我的所見、所思與所感的文字便成了我的第二本散文集——《海德堡語絲》。一九八六年，《海德堡

語絲》出版後，便與她的姐妹篇《劍橋語絲》風行於內地、香港和台灣。誠然，最令我歡然有喜的是散文家董橋品題我的散文為「金體文」。他在一篇〈「語絲」的語絲〉中論到金體文時說：「這是文學的神韻，是社會學的視野，是文化的倒影，更是歷史多情的呢喃，都在金耀基的胸中和筆底」。這是我之所以視董橋為「金體文」的第一知音。之後，我看到梁錫華（佳蘿）討論我的《海德堡語絲》的一篇高水平的書評，梁錫華是徐志摩專家，也是比較文學的教授，他顯然是一個喜歡「金體文」的人。他說：「『金體文』，可誦」，有「文士德性，哲人頭腦，且有行政高材的社會學家……『金體文』往往給讀者以啟迪，又豈只松風明月、石上清泉而已」。梁錫華評論最透的是他看到我書中的寫秋和我的「秋思」，他認為我筆下的秋和十八世紀英國詩人湯普遜（James Thompson，一七〇〇－一七四八）的寫秋名篇 *The Seasons* 內的若干詩句，「竟是隔代輝映，格調相類」。最後，他評《海德堡語絲》說：「處身在宏麗的文學殿堂，金氏書的金光，無疑會長期閃亮於遊記文學的一角，即使歲月無情，相信也難把它沖刷掩藏」。

（四）

《劍橋語絲》和《海德堡語絲》分別於一九七七年和一九八六年問世，寫的是英國和德國二個迷你型的美麗名城，多年來，頗有些有人笑鬧我，「怎麼沒有一本寫中國的？」説實話，這完全不是刻意的選擇，而純然是機緣。我在中文大學任職期間（一九七〇一二〇〇四），我其中的二次長假（一九七五一一九七六，一九八五）訪學或講學，去的是劍橋大學與海德堡大學，這才會有《劍橋語絲》和《海德堡語絲》。

二〇〇四年，我從香港中大退休，開始了我一生中的長假。二〇〇七年，我有了二次不很尋常的故國中土之行。一是回到六十年末回的原鄉——天台；一是去了多年來一直想去的沙漠藝都——敦煌。返港後，興致勃勃地寫了〈歸去來兮，天台〉與〈敦煌語絲〉兩個長篇。當時主持牛津大學中文出版的林道群兄，第一時間建議我將這二個長篇再加上我一九八五年的中國行所寫的〈最難忘情是山水〉長篇，合為一集出版。這是我的第三本散文集《敦煌語絲》的由來。

寫到這裏，我不由想起二〇〇七年七月十日

《明報月刊》總編輯潘耀明在收到〈歸去來兮，天台〉長文後給我的信，他說：「拜讀鴻文，果然筆下不凡，卅年前《劍橋語絲》、《海德堡語絲》已成美文範本，已斷響多時，他日如能結集《神州語絲》，必大放異彩……」。我覺得潘耀明絕對是我散文的知音人，我有時也覺得我的第三本散文集如用《神州語絲》為名，也是很好的。其實，《敦煌語絲》一書是三個長篇的結集，所寫的正是我三次神州之旅中所見、所思與所感。因其中〈敦煌語絲〉一文篇幅最多，而「敦煌」二字既響亮，又夠「中國」，故〈敦煌語絲〉的「篇名」也就成了「書名」。

「敦煌」是我認為一生中不能不到的地方。敦煌建於漢代，是古絲路的重鎮。二世紀時已是中國與西域多國交通、貿易、文化交流的一個華戎聚居的「國際」都會了。故當地人風趣地說，「敦煌是昨日的香港」，這對來自香港的我真頗有些觸動。今日敦煌是坐落在「西出陽關無故人」的陽關之外的戈壁沙漠中的藝術石窟群，當我親睹莫高窟、榆林窟、炳靈寺的魏晉、隋唐、宋元的壁畫、塑像，特別是美之極致的飛天時，內心的歡悅真非筆墨所可形容。敦煌之行，不啻是穿越了千年的歷史隧道，有了一次長長的美的巡禮。我之寫〈敦煌語

絲〉，實希望未到過敦煌的人也可少少領略這座沙漠藝都的「可以言傳」的美。

〈歸去來兮，天台〉一文，是寫我回到離別了一個甲子的家鄉天台。天台是千年古城，天台山是天台的精靈所在，它是佛教第一宗（天台宗）的發祥地，也是道教南宗的祖庭。東晉文豪孫綽讚美天台山是「山水之神秀者也」，中國第一位大旅行家徐霞客出遊的第一座名山正是天台山。有唐一代，有逾四百位詩人，包括李白、王維、孟浩然、劉禹錫、白居易、杜牧等先後慕名而來，所謂「浙東唐詩之路」的目的地也就是天台山。天台山的國清寺是隋代古剎，已一千四百年了。歷史上聲名遠揚的寒山和濟公活佛都與天台有不解緣。天台有八大景、五小景，有名有姓的三十六景。我第一次返鄉，主要是為了探望雙親的故居，拜祭祖父母之墓，家鄉的勝景美色，當然不能也不必一次看盡。我在〈歸去來兮，天台〉的文尾說：「山水常有，鄉情常在，我們今日未到不到的地方，都是為他年他日再來時。」是的，二〇一九年三月，我與妻帶着小孫女雨靉再返天台。這一次，除與前一次結交的上一輩鄉賢敘舊外，更結識了朱明旺忼儷、盧益民、金正飛、趙宗彪、王寒等中生代的表表者。

在他們熱情親切的陪伴下，雖未能走透天台，但畢竟到了許多上次想到未到的地方。我登上了可以賞「雲錦杜鵑」，可以品雲霧清茶的天台山之巔的華頂，更到了夢遊已久、母親口中常念的「石梁飛瀑」。此行可謂是圓夢之旅了。回港後，接到趙宗彪先生四月十一日的《台州日報》，上面有他寫的〈江山萬里故園情——金耀基先生回鄉記〉，展讀之餘，不勝歡喜。趙宗彪不愧是台州才子，凌雲健筆，口碑早在。這次中華版《敦煌語絲》中，我特地把宗彪之文收入附錄中，以饗讀者。坦白說，我之寫〈歸去來兮，天台〉固然是為滿足一己的思鄉之情，但亦是覺得天台之美，不可自私享有，應該讓天下人知道天台是神州一座絕色的山水之城。

〈最難忘情是山水〉是《敦煌語絲》的第三個長篇，寫於一九八五年，那是我一九四九年離開大陸後第一次的故國之行。是年五月九日，我隨港中大馬臨校長率領的一個七人代表團訪問北京大學、清華大學及中國科學院。中大代表團北上不止是禮貌式的報聘，也是具體落實學術上的交流與合作。當然，到了古都北京，除了參觀北大清華特有風致的校園，少不得去了故宮、天壇、長城這些名震遐邇的百千年勝跡。

北京訪問之後，我又轉到江南作九日之遊。事先元禎與我在香港參加了一個商業性的旅行團，行程是香港—廣州—蘇州—無錫—杭州—上海—廣州—香港。我與妻是五月十八日在南京與旅行團會合的。江南之行共十七天，先後歷七城，縱貫大江南北。雖是走馬看花，卻也是點滴在心頭，一路所見、所思、所感都一一做了筆記，返港後即寫成萬言長篇，寫的最多的是山水名勝的觀感與情思，故名此篇為〈最難忘情是山水〉。一九八五年，大陸改革開放不久，兩岸的交流未啟，大陸與台灣對言論仍各有大大小小的禁忌與禁制。台灣的《聯合報》因大文士高陽精明的編輯巧思，才得以刊出我這篇〈最難忘情是山水〉，而此文一經刊出，便百口傳誦，並聽不到半點的政治雜音（這反映此文發表時，兩岸的政治氣候已生變化，台灣當時的政治禁忌與禁制已完全是不必要的）。當然，〈最難忘情是山水〉一文所受到的一片讚美，莫過於著名史學家牟潤孫先生的一紙美言。牟教授在給我的信中說：「在《明報月刊》得讀大作〈最難忘情是山水〉，為之傾倒，真當代第一文情並茂之作也。弟唯有欽羨，而絕無此才力成此類名世之佳

製」（此信刊於金耀基《人間有知音：金耀基師友書信集》香港中華書局，二〇一八年，頁二九八）

　　牟潤孫先生是當代魏晉史學名家，與我同輩的史學者逯耀東即師從於牟老。一九七〇年我自美到港參加港中大新亞書院時，牟先生是港中大錢穆先生外唯一的歷史學講座教授，我曾在校園遠遠看見過牟教授，但從未面晤。他給我寫信時，已是望八之齡，退休已多年，想不到他對我這個社會學系的後學如此推美，我是感動難語的。歲月匆匆，而今牟老早已仙歸道山，而我竟亦已到望九之齡，真有隔世之感！我這次刊引牟潤孫教授之信，固是為我「語絲」加持，亦是望後世讀「語絲」之人，可以知有牟潤孫這樣老輩學者的不可及的識見與襟懷。

（五）

　　二〇一二年香港中華書局有出版「香港散文典藏」之計劃，並以「金耀基集」徵文於我。我欣然同意，並選出我三本「語絲」中多篇文字以應，最後問世的「金耀基集」是由黃子平編選的《是那片古趣的聯想》。這是我與香港中華書局的首次愉快合作。後來我知道最喜歡我語絲散文的是當時中華

的總編輯趙東曉博士。二○一七年，趙東曉博士又以集古齋總經理的身份，為我在集古齋舉辦了我首次的個人書法展（迄今已在香港、上海、北京、杭州、青島辦過六次展覽）。二○二○年與二○二三年，東曉（現任香港中華書局董事長）與侯明（香港中華書局總經理兼總編輯）又在中華書局先後為我出版了《百年中國學術與文化之變》及《從傳統到現代》的「擴大版」（一九六六年台灣初版重版外，另增一十四篇的論文集）。去年（二○二三年）因牛津大學出版社的中文部停運後，我決定將在牛津出版的九本書的版權分別轉給香港中文大學出版社及香港中華書局。因中華書局在「香港散文典藏」中已有了「金耀基集」，我的三本「語絲」最合理的最後歸宿應是香港中華書局。我高興知道東曉、侯明和周建華（新任中華總經理兼總編輯）已向我的三本「語絲」伸出歡迎之手。當然，在三本「語絲」出版之際，我要對編輯黎耀強先生和他的團隊的專業精神和服務熱誠表示敬意和感謝。是為序。

金耀基

二○二四年四月十日

自序（一九七六年）

　　這裏印出來的十幾篇文字，可說是一種因緣的記錄。我以前從沒有寫過這類的文字，而在我去年的長假的研究計劃中更沒有寫作這本小書的構想。但因為我去了一個非常特殊的地方──劍（或稱康）橋，由於她的不尋常的美，她的不尋常的迷人，我雖然無詩心文膽，也不能了無所動，也不由得不提筆寫下我的所見所思。

　　去歲八月初，我從香港中文大學獲得了為期一年的長假。不是刻意的選擇或安排，我竟然在英國劍橋的克蘭亞學院（Clare Hall）住了十個月，又在美國「新」劍橋的 M.I.T. 作了兩個月的訪問，並且還先後去了劍橋的姊妹大學牛津和劍橋的姊妹城海德堡盤桓數日。我這一年的旅程似乎都與劍橋有緣分。而這裏收集的幾篇東西，除了是關於劍橋的，就是與劍橋有關的牛津、海德堡以及與劍橋有血濃於水的關係的美國麻省的劍橋。

　　這些文字不是嚴肅的論文，似乎也不能算是輕

鬆的遊記或一般小品。我不願太受文體的拘牽，我只自由地、恣意地把我與劍橋的「晤對」的感受一一筆之於文。它們沒有微言大義，但卻是我內心深處流露出來的語絲。這些語絲，有的是感情上的露泄（但你無法在此享受到徐志摩筆下的濃郁醉意）；有的是歷史的探尋（但決不是嚴謹的歷史考證）；有的是社會學的分析（但卻又不是冷性的社會學的解剖）；還有的則是「詩」的行動與聯想（我不會吟詩，但在劍橋時，我確有濟慈在湖區時的那份「我要學詩」的衝動）。不錯，我的確很想勾勒、捕捉有形的劍橋之外的劍橋，那是霧的劍橋、古典的劍橋，歷史的（發展的）劍橋！劍橋已經亭峙嶽立地存在七百多年了。在我之前，不知有多少人曾以彩筆麗藻寫過她；在我之後，必然還會有無數人繼續去寫她。劍橋是一「客觀」的存在，但每個人筆下的劍橋都是他（她）自己的。面對劍橋這樣一個中古大學城，這樣一位「絕色佳人」，一千隻眼睛會有五百種的看法。

《劍橋語絲》不過是我個人的一些窺見。或許更確切地說，那是我個人的一偏之見。誠然，有所見，乃必有所不見。我相信我已經很清楚地表露了

我對她的偏好與祖愛。

這裏我要謝謝李維厚基金會（Leverhulme）給我和妻的資助，它給了我一個到英國訪問的機會。不是它，我們根本不會去劍橋。我也要謝謝劍橋大學的 Clare Hall，她提供了我和我的家人一個不能再愉快舒逸而充滿學術文化氣氛的環境，沒有她，我恐怕不能順利地做研究寫論文，也無法真正體認到劍橋的「內在的」生活格調，更不用說享受那種送夕陽、迎素月，與院士們論道說理的極致了。在此，我也願意對麻省理工學院的國際研究中心表示謝意，它使我有了一次有意義的「從劍橋到劍橋」之旅。

面對《劍橋語絲》的篇篇小文，我不能不特別提出《中國時報》和《聯合報》一個副刊的負責人高上秦先生和駱學良先生，是他們好意的「催逼」和雅量，使我這些語絲得能一一與讀者見面。在寫作的過程中，吾妻元禎及友好佑之、耀東、堅章、允達、述兆和方正諸兄，以及識與不識的前輩先生（特別是無一面緣的張佛千先生）和青年朋友的反應都給了我很大的鼓舞，而業師王雲五岫廬先生，不但遠道來書謬許，還最先表示願意將我劍橋諸文

彙集由台灣商務印書館出書，這是我極為感念的。

　　最後，我要謝謝我的父親，他老人家（已逾八十之齡矣）不但沒有阻止我在「正業」之外寫這類文字，更鼓勵我多寫，並且還要我一絲不苟地寫。父親是從來不認為有哪一樁事是可以不負責、可以掉以輕心的。沒有父親的督責，《劍橋語絲》將必然比目前這個樣子更多缺點，更多錯失。我在此以最誠敬的心情寫下我對他老人家的感戴之意。

　　機窗外，晨星漸隱，夜幕徐落，金光自東方冉冉吐露，兩個劍橋已越來越遠了。七二七載滿了我二百六十五個日子的回憶，披覽手上劍橋諸文的剪報，我似隱約又聽到那三一巷傳來的亙古鐘聲，又看見那晨曦中纖纖柳絲間劍河的冰清玉潔⋯⋯

寫於一九七六年七月二十八日
自舊金山東返的客機上

牛津版序（二〇〇〇年）

文字是一種因緣。如果不是在一九七五年去了劍橋，就不會有《劍橋語絲》；如果不是一九八五年在海德堡住了半年，也不會有《海德堡語絲》。

這二冊語絲，是我在劍橋與海德堡二個「姊妹城」訪問研究時寫下的所見、所聞與所思。那二個永遠年輕、永遠美麗的大學城，既古典又現代；有歷史感，又有時代氣息。正是那種特有的文化風致吸引了我，使我有一種探索與對話的衝動，而在一個不需要按時鐘過日子的日子裏，便不由展紙提筆寫下我一篇篇的語絲。

《劍橋語絲》出版迄今已四分之一世紀矣，《海德堡語絲》的出版亦已十有五年，這二冊姊妹篇先後在內地、香港和台灣有不同的版本問世。香港版的二冊語絲，原由香江出版公司印行，幾年前已經斷市了。牛津大學出版社的編輯表示願為語絲的姊妹篇設計全新的牛津版（在圖片上特別花了心思），定在第三個千禧年的第一個龍年問世，這當

然是我欣然同意的樂事。是為序。

二〇〇〇年四月二十八日於香港中文大學

劍橋所見所思

記不得是二十幾年前在哪裏讀了徐志摩的《我所知道的康橋》和《康橋再會罷》，但我知道我對劍（康）橋的嚮慕是這位詩人的彩筆麗藻所挑起的。徐志摩是熱情如火的詩人，他依戀過無數山川故城，但他只對劍橋說：「汝永為我精神依戀之鄉。」稍為熟悉志摩的詩文的人，都不能不承認他的洞察力與自悟力的深透靈空，但他說：「我的眼是康橋教我睜的，我的求知慾是康橋給我撥動的，我的自我的意識是康橋給我脫胎的。」劍橋有如許的魔力，怎叫人不想一探她的幽秘？

八月一日早晨，在溫暖的陽光下，我與妻，帶了四個孩子，踏入了這個陌生而又似曾相識的大學城。

「歡迎你們來劍橋！」劍大的人類學者華德英女士（Barbara E. Ward）和她的夫婿倫敦經濟學院的摩里斯（Stephen Morris）教授好意地在車站接迎。

「劍大在哪裏？」我問駕車的摩裏斯教授，我急着想會見這個久已嚮慕的學府。

「劍大在哪裏？很難說，劍大與劍城是分不開的。」是的，我後來才清楚，最合理地說，劍大不是一個地方，雖然他也有本身的教務大廈、圖書館等，還包括一群學人的組合：大學校長、學院院長以及學者，還包括一年級以上的學生。真正的劍大分散在劍城各個具體的學院裏，學院有自己性格的建築，有自己驕人的傳統，但的的確確，學院又是大學的有機的一部分。所有的課程都是大學主持的，學位的考試與授予也是大學的事。學院只是宿舍，是吃飯、睡覺、談天、討論的地方。有社交的成分，也有知識的成分。這是一個與中國、美國，乃至歐陸大學都不同的制度，它是很獨特的英國歷史的產物。誰設計的？沒有人，劍大是慢慢成長起來的，不是一下子創造出來的。

「金先生，你看左邊，那是 Peterhouse，他是劍大最古老的學院，成立於一二八四年。」剎那間，我被那古銅色的、蒼老的建築吸引住了，陳舊，是的，七百年了，但我只感到他的古雅。其實，當踏入劍橋時，一股濃厚的古典氣息就撲面而來。劍橋的建築很少有鮮明的顏色的。雖然滿

眼是紅磚的房屋，但那種紅是深沉的，帶點褐色的，是那種經過幾世紀的風雨洗禮的紅，已經不紅了，這種不紅的紅更好、更有味道，至少在我的眼裏。「那街頭遠處的尖塔樓閣，看見嗎？那最高的是王家學院的禮拜堂，是十五世紀亨利六世建造的，它對面的是 Great St. Mary Church，是大學的教堂，是十三世紀初葉蓋的。」王家學院的禮拜堂（King's Chapel）有一種王者氣象，有點旁若無人的睥睨感。在遼闊的劍橋的平原上，在多半是二層高的建築的屈冰頓（Trampington）街道上，那尖塔就好像插入雲霄的石筍。突然，我意會到浮凸在天空中的都是尖塔樓閣。

「摩里斯教授，到處似乎都是教堂、禮拜堂，所有的高建築都是！」

「是的，劍橋有許多教堂、禮拜堂，究竟有多少，我也不清楚。」中古，我憶起歷史書中所述的中古的寺院世界。不錯，這就是劍橋之所以為一中古大學城吧！在過去一個月中，我與妻參觀了好些教堂與學院的禮拜堂，我漸漸知道教會在劍橋的歷史所扮演的角色。劍橋如果沒有劍大只不過是一個風景秀麗的小城，劍大如果沒有教

堂、禮拜堂也必然會是另一番完全不同的風姿。不！我根本懷疑會否有這個世界著名的大學。是無數的尖塔樓閣把時間凍結在這個小城裏，賦予了他歷史的悠久感與莊嚴的面貌。中古的森冷窒息的空氣已被宗教改革、文藝復興的浪潮沖洗一空，但寺院畢竟給予了劍橋學術的根苗。劍大許多學院是國王、王后，貴族夫人哺育長大的，如王家學院、三一學院、克萊亞學院、皇后學院、潘波羅克學院，但許多學院則不是由寺院培養成長便是與教會有關的，如 Peterhouse、Michaelhouse、Trinity Hall、Jesus、Selwyn。劍橋的學術生命是與寺院、教堂長期結合的；在劍大誕生之前，最早的傳道、授業之處即是白納德教堂，在一七三〇年大學的教務大廈未建立前，所有的學位考試與畢業禮就是在今日的瑪利亞教堂舉行的。大學不只本身有教堂，劍大的所有學院也都有自己的禮拜堂。一個學院如果沒有一個禮拜堂就會覺得缺少什麼似的，早期的學院建設如果沒有教堂，就像畫龍不點睛了。且不論教堂是否是人天相接的階梯，沒有了教堂，在劍橋會變成一個無聲音的古城（真的，劍橋的靜是

出奇的！），至少就聽不到向晚的鐘聲了。鐘聲激發了劍橋的詩情，也是鐘聲把中古帶到了二十世紀。在劍橋，上帝未死，祂與科學都被鐘聲羽化成詩了。轉過了劍橋中心，更靜了，車外，多的是參天的古樹，多的是一塊塊綠得想在上面滾一滾的草地。街道上最少的就是人，所看到的是二位騎在自行車上的一老一小，是祖母與她的孫女兒吧！？那小女孩的笑聲像銀鈴似的散落在滿地的綠裏。其實，將就點，不需要到劍城郊外的格蘭賽斯德草原去踏青，綠就鋪在每個人家的門口。噢！原來是這份綠使我感到那麼心曠神怡。來劍橋後，每個黃昏，我們都捨不得讓它輕輕溜走，或者，騎車向炊煙處飄去，沒有目的，沒有牽掛，像少年時在去碧潭的路上任「鐵馬」縱躍。忘了時間，忘了「規矩」，跟孩子一起在格蘭賽斯德草原上翻滾，滾得滿身是點點金光，一直到素月冉冉上升，送別夕陽在遼闊的地平線上。我們是回到自然，回到大地的懷抱中來了！香港五年摩天高樓上的生活使我漸漸忘了自然的樂趣，在劍橋的尋覓中，尋覓到了自然，也尋覓到了自己。更多的夏晚，我們會披一件薄毛衣，隨着清

脆的鐘聲向劍河慢慢地踱去。去探望劍河是不可太匆忙的，在匆忙中你不會捕捉到她那份文靜，那份女性的柔情。去看劍河，除了夕陽鐘聲裏，最好是晨星的冷霧中。在清晨你可以瞥見她睡夢中醒來的嬌態，若有若無的少女的神秘笑靨；到黃昏時分她又是婀娜端莊的貴婦了！最醉人的是在微風中她伴着垂柳婆娑起舞的美姿，永遠是那樣的徐緩，那樣的有韻律，那樣的親切的招呼！劍河輕盈地穿過皇后學院、嘉薩琳學院、王家學院、克萊亞學院、三一學院、聖約翰學院、麥特蘭學院，她穿過世界上這些最古老學院的園，為這些男性化的建築帶來了妖嬈與明媚。劍河兩岸的學院的草地像一塊塊藍玉，像一幅幅錦繡，也像一片片浮雲，而跨過劍河的則是一座座如雨後的彩虹的橋了。志摩說：「康橋的靈性全在一條河上，康河，我敢說是世界最秀麗的一條水。」我想我們的詩人沒有誇張，不過，我畢竟要想，假如沒有這些古典的學院，沒有那些幾個世紀以來從學院的拱門中走出來的大學者、大科學家、大詩人，劍河會不會那樣秀麗？會不會那樣有靈性？會不會那樣秀名遠播，引人慕艾？是人使水

秀靈呢？抑或是水使人秀靈呢？我不知道。但劍橋真是出過不少靈秀的人物，真正靈秀的人物。不去算那一長列叱吒風雲的政治家了，也不去算我們孤陋不知的學者了，只消舉幾個我們熟悉的學術史上的名字好了，牛頓、達爾文、哈維、馬爾薩斯、凱恩斯、培根、羅素，這些名字在物理學、生物學、醫學、人口學、經濟學、哲學上，不是巨子開鑿新紀元，便是在知識的旅途中豎起了里程碑，至於斯賓塞、拜倫、米爾頓、華茲華斯、丁尼生，則都是詩國的桂冠和驕子。這些人在劍橋留下了足印，留下了音貌，留下了謎樣的故事。劍橋是靜寂的，靜寂得幾乎有些寒意，但她永不會叫人無聊。靜寂使人孤獨，但孤獨正可以使人與劍橋歷史中的巨靈對話。劍橋最高的精神活動是在那些孤獨的歷史的對話中進行。

「金先生，到了，這是 Clare Hall，我們下車吧！」摩里斯教授已把我們帶到了劍橋的「家」，我們的家就在學院裏面。

「我希望你們在此會有快樂、有益的一年。」華德英女士親切地握手言別。我這次申請來 Clare Hall 訪問研究，是她提醒並熱心安排的，她認為

這個新學院的構想與建築最適宜來到劍橋訪問的人，並且對有家庭的人是最理想的。一點不錯，這是一個很新的學院，她是一九六六年從六百年歷史的克萊亞學院中獨立出來的，寫劍橋史的人稱之為克萊亞的 Daughter College。這個新學院的誕生是劍大歷史中一個新的里程碑，她的成立是要給予劍橋更多的國際性的情調，提供給來自國外的訪問者一個知識交流的新環境。她的新穎靈巧的北歐式的設計與古老學院的凝重沉厚的建築成了顯著的對照。她的最「現代」的性格也許表現在兩椿事上，她沒有禮拜堂，她的飯堂裏沒有高腳枱。這裏的氣氛比較溫暖，人也比較有笑容。第一任院長璧柏教授嘴上的微笑是劍橋不多見的。他現在是開溫第士物理學教授（我之了解開溫第士實驗室在世界上的地位是從陳之藩先生那本情文並茂的《劍河倒影》的小書中獲得的），據開溫第士的伊甸博士告訴我，如果璧柏教授獲諾貝爾獎是不會令他驚訝的。他說目前開溫第士「只有」（他強調）三位是諾貝爾獎的得主。

古老的劍橋已有了轉變，Clare Hall 只是轉變中的一個具體的表徵。變是不能免的，自

一九七二年起，古老的以男性為中心的王家學院都已開始收女生了。在劍河波光水影的篙船上的少女也不再像徐志摩所描寫：「穿一身縞素衣服，裙裾在風前悠悠飄着，戴一頂寬邊的薄紗帽，帽影在水草間顫動。」（在劍大圖書館重讀到徐志摩四十年前讚頌劍橋的詩文是一大快事），而是穿牛仔褲、三點式的帶點野性的少女了。劍橋什麼事都講傳統，但劍橋的傳統永遠容忍，甚至鼓勵新的嘗試。劍橋的魔力是傳統中一直有變動，在變動中又強勁地維繫着傳統。其實，劍河是劍橋最好的影子。劍河的水長流不息，曾無一瞬不在動中、變中。但劍河自遠古流向無窮的未來，她永遠是劍河，她是劍橋永恆的化身。

一九七五年九月九日夜改定於劍橋

霧裏的劍橋

　　十月下旬，劍橋的秋葉就飛舞在家的門口了。

　　劍橋的秋特別多風、多雨。在蕭蕭風雨的窗前，少不得多添幾分旅次的惆悵。但，在天晴的日子裏，這個中古大學城的秋光豔色不只使你目不暇給，並且幾乎完完全全地佔據了你的心靈。站在舉世著名的 Backs（劍大許多古老學院的後園）上，看一樹樹、一樹樹的金黃，在陽光下閃爍，在微風中躍動，把原來已經碧綠的草地襯得更綠，把原有王者氣象的王家學院禮拜堂烘托得更加莊嚴堂皇，而三一學院的古雅純樸的「雷恩圖書館」，聖約翰學院「太息橋」頭的紫紅牽藤，也越發顯得凝定與活潑了。至於徐志摩所説「最有靈性」的劍河，不論是夏綠或秋黃，總是那樣徐徐自得，清逸出塵，總有那份特有的女性的柔情與秀致。噢！這是一幅多麼醉人的圖畫！我相信，任何貪婪的眼睛都該已滿足，任何不饜的心靈都會喊出：「好箇劍橋的秋！」

　　劍橋的秋太美，美得太玲瓏，太脆弱，美得

不能久住，不到十二月，葉已落，枝已枯，金黃色的、紫紅色的全被厚厚的灰色取代了。劍橋的殘秋或冬天大概是比較不受人喜歡的，它陰暗、刺骨得叫人不敢去親近。不過，這個小城的殘秋初冬有一個特色，就是多霧。霧，是我從小就喜歡的。霧給你更多的空白去塗抹，更多的空間去想像。

霧裏，在劍河橋頭倚憑；在三一巷中躑躅；或是在克萊亞學院的庭前小站，所見到的垂柳殘枝，樓台榭閣，若隱若現，都在虛無縹緲之間。尤其是霧裏搖曳的燈光、霧中飄來的鐘聲，真會使人有天上人間之感。

霧裏的劍橋，也許不真，卻是美的神秘。

劍橋的科學精神是求真，劍橋的藝術精神是求美。劍大的史學家編寫過幾部巨大史書，處處顯出「打破沙鍋問到底」的精神，但劍橋人寫的不少劍橋往事卻多是歷史與神話間的傳奇。傳奇是七分真三分假，或是三分事實七分渲染，傳奇是霧裏的歷史。劍橋人所驕傲的是自己的傳統，而其最動人的傳統中常帶有一些代以繼代、百口傳誦的傳奇。這些傳奇，言者津津，聽者眉舞，

也造成了劍橋最富吸引力及最富神秘之美的原因之一。

劍橋「最偉大」的傳奇應該是關於劍橋誕生的傳奇了。這是劍大的「創世紀」式的故事。劍橋人說，劍大是公元前三五三八年一個叫 Cantaber 的西班牙王子創建的。有名有姓，有時間，言之鑿鑿，似乎不能太假，但是劍橋人這一招法霧放得太多，反而弄巧成拙，把傳記變成了神話，浪漫則浪漫矣，卻無半絲徵信可言。劍橋這一神話在世界大學史上只有牛津的「盤古開天」式的神話可以競美。牛津人說，牛津是 Mempricius（或說 Alfred the Great）在古得不能確定的那年創立的。牛、劍二校的吹牛比賽向來是各擅勝場，而這個神話比賽則如史家 Maitland 所說是「最古老的校際運動」。說真話，劍橋牛津之可以驕人處，不全在於他們的古老（在英語世界則以他們為最老，在非英語世界則不然），而毋寧在於他們的悠久，在於他們基本上幾百年未變的格局，尤在於他們特殊的教育制度與學術性格。

劍橋有許多獨特的、古老的制度與習慣，如 collegiate system（學院制：劍橋是大學與學院並立

的雙元體，教師在大學與學院各拿一份薪水。學生在大學上課考試，在學院則接受導師指導等），Tripos Examination（三腳凳試：這是指修讀學士榮譽學位的考試，多數三腳凳試分為二個部門，三年讀完，相當有彈性），High Table（高腳枱：指院士的餐枱，與學生的分開，菜餚不一樣，服侍亦不同，但都要着學袍，飯前學生全體肅立，恭候院士入位，待念完一段拉丁文，然後就座開動），Don（導師：指所有院士，甚或包括學校行政人員），Supervision（導修：學院對學生之學業有專人指點、切磋），以及 Bedder（指替學生整理床單的女士）等等，這些都不是哪個人刻意設計的，而都是從來就有的傳統。但傳統何來？此則雖是往跡「斑斑可考」，大半卻不脫「想當然」的猜度。劍大帶霧的歷史最有趣的不在制度、習慣，而在人物，最有趣的人物傳奇不在大學，而在各個學院。

在殘秋的寒霧裏，從一個學院的迴廊，轉到另一個學院的庭園，再進入另一個學院的禮拜堂，就好像在似真若幻的古典世界裏打轉。來劍橋已幾個月，閒中看了不少有關劍橋的書，也

曾被邀去過好幾個學院的高腳枱、Combination Room（院士休息室）吃過飯，喝過酒，飲過咖啡，聊過天，對好些學院的歷史人物都有了某種程度的「背景知識」。也因此每進一個學院，都覺似曾相識。當你想起這些迴廊，這些庭園，都曾經有培根、牛頓、米爾頓、達爾文等前人走過，它們就變得親切、人格化起來，在這種歷史與現在接合的地方，現代人的「疏離感」或「一度空間感」是不會存在的。而這些劍橋的古人，透過了傳奇化的形象，仍然活潑地活在劍橋的各個學院裏。劍橋的傳奇太豐富，我亦孤陋寡聞，但就所讀所聞，聊記數則，以供讀者清賞。

皇后學院不是劍橋最響亮的學院。她最有名的建築是跨過劍河的一座木橋，這座木橋又稱「數學橋」，這是因為它係利用實用數學的原理造成，由於它的精巧神奇，便相傳是牛頓的傑作。可恨哪位仁兄指出牛頓死於一七二七年，而此橋最早建於一七四九年，戳破了這個傳說，不過，也有人說這可能是牛頓的幽靈暗中助力造成的。皇后學院最可傲人的是她在一五一〇至一五一三年曾經有文藝復興最偉大的人文學大師伊魯斯瑪

士（Erasmus）在此講學。伊魯斯瑪士把希臘文帶進劍橋，並在此播下了宗教改革的種子：他受知於當時劍大校長費雪（Fisher，後因反對英王的婚事被處死），改革劍大教育，開設希臘文，使劍大首次成為學術中心，凌駕於當時牛津之上。但這位人文大師在劍橋時，整日抱怨。他嫌薪水太少，生活費太高；又嫌學生不交學費、不上課。而他最不能容忍的是劍橋啤酒太差，甜酒太糟。他曾求函友人寄一桶上佳希臘酒給他。酒寄來了，但他嫌桶太小，喝不過癮，他說他只靠酒桶餘香來解渴。他要友人寄桶大的來。這次桶是大了，但不巧運酒工人也是杜康之徒，偷喝了半桶，補上了半桶清水。伊魯斯瑪士是品酒名家，喝了這種「水酒」，焉能不知個中情由。他氣是氣極了，但看來他還是喝完了那桶水酒的。要不，他不會責怪他的尿沙症是由那桶「水酒」引致的！當然，喝「水酒」會導致尿沙症恐只是這位人文大師的獨見了。伊魯斯瑪士為劍橋開了新學風，而他之好飲佳釀，也怕是劍橋數百年喝酒傳統的淵源吧！

聖彼得學院是劍大最古老的學院，成立於

一二八四年。這個學院的精彩故事是關於大詩人格雷（Thomas Gray）的（A. Lang 把他列為劍橋十一位大詩人之一）。Dr. Johns 說他是木然無趣的人，而他自稱是被困的紅雀（a captive linnet）。格雷性情懶散，膽小如鼠，有點「神經質」。傳說他「從不開口」。據考他是開過口的，他說過房子太鬧、太髒，學生哥在他樓梯口堆滿了酒罐。他擔心這些學生哥有一天會不小心把學院燒掉。因為擔心過度（或膽小過度），他在自己的窗口裝了一根鐵棒（另加繩梯），作為「逃火梯」。也許這位詩人的逃火棒觸引了學生哥的靈機。他們在夜半時分，假鬧火警，這位平時懶散的詩人，早有戒備，一骨碌翻身下床，迅速從逃火棒滑下。正在暗慶自己先見之明，不想撲通一聲滑進了一個大水槽裏。原來大水槽是學生哥為這位詩人準備的。這位詩人一氣一驚之下，跑到對街潘波羅克學院去避難了。學生哥這種惡作劇自然是謔而又虐，不足為訓，不過這位詩人自設「逃火棒」，也未免對火的幻想力太強，以致逃得了假火、逃不了真水。信不信由你，那根「逃火棒」至今猶在呢！

詩人避難的潘波羅克學院也一樣有多彩多姿的故事。它是另一位詩人斯賓塞（Spenser）及大政治家壁德（Pitt）的母校。剛談過詩人，不妨談談政治家吧！壁德是貴族之後，上劍橋時必然仍是乳臭未乾的小孩，因為他是帶着保姆上學的。他立志要成政治家，苦讀希臘羅馬的經典著作，以備演講、辯論之用。他在校時年紀雖小，卻是一副「小大人」味道，一本正經，不苟言笑。遊戲只限於騎馬、劍術與射擊。他在劍橋留下的光榮一頁是他參加林肯客棧的晚餐中與牛津吉本（Gibbon，《羅馬帝國衰亡史》作者）的一番唇槍舌戰。他是小孩子，而吉本已是聲望如日中天的中年大史家。看來這次口舌之戰是壁德挑起的，吉本初則輕視，繼則不敢掉以輕心，終則全力應付，頗思把壁德的論點一舉粉碎。但壁德卻步步為營，無懈可擊。吉本最後憤怒離席而去。吉本的友人求他返席。吉本説：「絕不，我毫不懷疑，那位年輕小紳士是極端有天分的，並且也是很可親的。不過，我必須説他的辯論方式不是我所習慣的。所以，你應該原諒我！」當然，這個故事究竟有多少真實，還得聽聽牛津人的説法。

三一學院毫無疑問是劍橋（也包括牛津）最大也最著名的學院。這是遠者出過牛頓、培根，近者出過懷海德、羅素、維特根斯坦的學院。因它人才輩出，所以帶霧的歷史也最濃。在三一的大門左邊草坪上，有一棵矮小的蘋果樹，它就是牛頓悟「道」的「菩提」？你不信？那是你自己的損失！在霧氣孃孃中，這棵樹看來是有些不同凡響的靈氣！走進三一門，便是走進傳奇之鄉了。我們不能不聽說這兒出過二位「戰鬥格」的院長。一位是大數學家巴羅（Barrow，牛頓的老師），他從小就勇猛善鬥，在一次航行中曾力挫海盜。在他院長任內，一次遭到一頭大猛犬的襲擊，巴羅鎮定如山，一側身，讓過，再一個箭步逼上，以赤手握住大猛犬的脖子，又一使勁，便把那個巨物掀倒地下，繼而飽以如雨老拳，巴羅的威武狀使人想起景陽崗武松打虎的神威。另一位是經典學者班得來（Bentley），他院長一做做了四十餘年，打破三一的紀錄〔劍橋其他學院則有更長紀錄：聖彼得學院的 Francis Barner 做了五十年（一七八八至一八三八年）。克萊亞學院的 Dr. E. Atkinson 做了五十九年零二個月，九十

歲還在做）。這位院長的好鬥性格不輸巴羅。不過，巴羅鬥的是海盜，他鬥的是院士；巴羅善於用拳，他則精通法律，在他四十年院長任內，訟事連連，戰雲密佈。此君之好辯喜爭，可說與生俱來。他曾力辯「尼布加尼撒」（公元前六〇四到前五六二年在位新巴比倫國王）的金像記載是錯的，該記載說金像高六十腕尺、寬六腕尺。他則說金像的寬度至少是十腕尺。為這件事他與未婚妻搞得瞪眼吹鬍，幾乎使婚事告吹。往事已矣！這位「武士」雖然在學院禮拜堂北首的墓碑上連院長的頭銜都未被刻上，但這位好戰院長的「妙」事流傳至今，引為談資。

三一是科學家的王國，也是詩人的天地。丁尼生進校做學生時，院長湯姆生一眼望見這位器宇特出的少年就說：「那個人一定是詩人！」不錯，「那個人」可以「看」到夜鶯眼中的月光；「那個人」的一首十四行詩就被認為值得「康可達」（印度古都）的全城財富。在劍橋，「那個人」在詩的競賽中就已嶄露頭角了。丁尼生在上課的時候，想必常常神遊物外，飛入白雲綠水之間。據說有一次導師魏懷爾把他從夢鄉中喚醒，問他：

「從耶穌時代起到今日為止，一個便士的複息是多少？」

　　拜倫也是三一之子，但他不是最受寵愛的一個。他在校時，風流倜儻，熱衷於拳鬥、騎射、豪飲、賭博、游泳（他常游泳的地方在格蘭賽斯德原野的劍河上端，現稱「拜倫池」）。他討厭學校不准養狗的規定，既然不准養狗，他便去養了一頭小熊。他在給一位女士的信中說：「我有了一位新朋友，是世界上最好的，牠是一隻小熊。當我帶牠來這裏時，他們問我準備怎樣處理牠，我的答覆是：『牠應該參加院士的選舉。』這個答覆使他們不頂高興。」這位詩人大半生浪跡歐陸，死於希臘。雕刻家 Thorwaldsen 為他刻了一巨大的大理石全身像，送給倫敦的西敏寺教堂展放（英人死後進此寺是最大榮譽），但西敏寺卻基於不道德的理由，拒絕接受。這石雕慘慘地在地窖的塵灰中躺了幾年，後來還是三一學院念「子」情深，把他運回，擺在雷恩圖書館最醒目的位置。當你凝視拜倫丰神俊貌之餘，聯想到他生前養熊的故事，就不會覺得他冷冰冰地不發一語了。

　　講劍橋的傳奇不能不講基督學院。這是《物

種起源》的作者達爾文的學院，也是《失樂園》的作者米爾頓的母校。達爾文在基督學院時就狂熱於收集昆蟲了。他抓甲蟲是又貫注，又在行。有一次他一眼看見好幾隻精彩的，雙手一撲，就抓到了一隻，說時遲，那時快，他把抓到的放在口裏，再去抓一隻，不想口裏的一隻發了威，刺了他舌頭，他一痛只好張口讓它眼巴巴飛去，而手邊的一隻又因分神而被溜掉。我們可以想見這位小博物學者的懊喪。達爾文在劍橋並不出名，不過，由於他常跟植物學教授漢斯勞一起散步，為此人家都稱他為：「那個跟漢斯勞一起散步的人。」而今，說起漢斯勞時，恐怕要說是：「那個跟達爾文一起散步的教授」了。

科學家的傳奇在劍橋總是沒有詩人的多，也沒有詩人的有浪漫情調。我覺得最富傳奇性的該是米爾頓的故事了。最引起好奇與爭論的不是基督學院庭園中那棵亭亭桑樹是不是米爾頓所手植，而是究竟米爾頓在校時有否遭過導師查沛爾的體罰？牛津文豪約翰遜（Samuel Johnson）在他的 *The Lives of English Poets* 書中，則一口咬定確有其事。劍橋人則說約翰遜無中生有，並指出米

爾頓終其身都對母校保有深摯的感情。這些爭論對研究米爾頓的人或許是重要的，但在我們看，真正有意思的是下面的傳奇：話說一位風姿綽約的外國少女，在一個晚春初夏的日子，訪遊劍橋，她被一位睡在樹下的少男的美色所震驚，在頻頻凝視之餘，情不自禁地用意大利文寫下了幾行愛慕的詩句，輕柔地放在睡者的手中。當米爾頓醒來時，讀了留下的詩句，問了附近目睹的同學，認為是「天賜良緣」，從此在腦海中浮現了一位才貌雙絕的仙子，對這位未謀一面的佳人朝思暮想，產生了狂熱的愛情。後來，他買棹遠去意大利尋芳，真是「升天入地求之遍，上窮碧落下黃泉」，無奈音容茫茫，仙子無蹤。米爾頓想她、思她，直到臨終一刻，長恨以歿，這真正成為了他的「失樂園」！

霧裏的劍橋，也許不真，卻是美得神秘！

一九七五年十二月一日於 Clare Hall

Newton's Apple Tree, Trinity College, Cambridge

劍橋之為劍橋
—— 漫談劍橋大學的學院制

　　劍城如無劍大，便不過是一個普通的中古小城。不！她會突然縮小了一半以上，成為一個佈滿了侏儒式房屋的小鎮。

　　劍大如無學院，便不過是一間大規模的現代大學。不！她會突然縮小了一半以上，成為一個沒有特色，沒有詩情畫意的教學研究的地方。〔學院（College）非指一般大學裏，文、法、理、商、工等「學院」而言。文、法、理這種「學院」是Faculty，非劍橋學院之謂，為了辨稱方便，我們稱 Faculty 為「學部」。〕

　　劍橋的特色是她的學院制。學院制（collegiate system）是七百年的歷史傳統演變遞嬗而來的。它不是創造的，而是成長的，就因為這個緣故，它很難學，也不易學到家。世界上有不少大學模仿劍橋，規章制度倒是像模像樣，卻終不能得其精神。在十六世紀初葉，劍大茵曼紐學院有一個學生，去了新大陸的「新」英格蘭，在「新」劍

橋，為一間新學校捐了他的圖書館及一半產業。這個學生叫哈佛，而那間學校就是今天的哈佛大學。哈佛雖然是劍橋所「生」，但哈佛卻創出了自己的性格。她就沒有走學院制的道路。近百年前哈佛的一位校長艾略特（C. W. Eliot）說得好：「一間大學必須自本土成長，她不能從英國或德國連根帶葉地搬植過來。」也許就因為這種原創性的精神，哈佛才不是劍橋的拷貝，她有她的特色，並且成為光芒四射與劍橋齊名的偉大學府。

劍橋之為偉大學府是否因為她的學院制，則不得而知，但劍橋之為劍橋則不能不說與她的學院制密切難分。

在劍橋，我們只聽人說這個學院、那個學院，很少聽人講大學本身。對劍橋稍有認識的人，都會知道劍橋的第一個學院——聖彼得——誕生於一二八四年，但卻很少人知道大學的生辰屬肖。寫劍橋史的人，有的說在一二二七年就有提到大學校長字樣的紀錄，而有的則指出到一三一八年羅馬教皇頒給了劍橋以大學的身份。究竟是哪一年才算呢？不要緊，反正很少人去管它！

人們說劍橋大學本身是抽象的，很少有可與學院媲美的建築，很少有她自己的東西。其實，這大不為然。劍大本身不但有體面的大教堂，有被稱為最美喬治亞式的教務大廈，有被譽為歐洲最美博物館之一的菲茲維廉博物館，有藏書三百萬冊（包括近萬的珍貴手稿）、英國第一個公立大學圖書館，有舉世著名的開溫第士實驗室，還有古樹參天、四季都有花開的植物園（特別可愛的是它的巖石花園）。這些怎能說抽象，怎能說不能與學院媲美？大學目前「學部」就有十九個之多，有的學部且大至有十一個學系，此外尚有許多研究中心，至於教務會、系務會、委員會之多，更是名繁數眾（我懷疑會有人真正對全局一清二楚），這些又豈不是大學自己的東西？但妙就妙在很少人加以青睞，提到時也多半是一筆帶過，而人們眼要看的，嘴上講的不是三一學院的尼維爾方庭、克萊亞學院的古典橋，便是王家學院的禮拜堂的彩色玻璃、聖約翰學院古雅華麗的院士休息室，要不就是基督學院的那棵桑樹，基斯學院的「榮譽之門」，或者歌登女學院那紅得不能再紅的紅磚建築⋯⋯無論如何，劍橋的三十

個學院才是鏡頭和話頭的焦點，寫劍橋史的人，愛的不是大學史而是一個個的學院史。

　　的確，比較起來，真正有性格、有吸引力的還是這二十九個學院（另一個剛呱呱落地，面貌尚不清楚，不過，在其他學院的高腳枙上猜得卻很熱鬧）。這些學院，有的莊嚴宏偉（如三一），有的秀致高貴（如克萊亞）；有的龐大（如唐寧），有的嬌巧（如克蘭亞）；或具大家風範（如紐南），或是小家碧玉（如魯茜、開溫第士）；或有王家氣（如王家），或具平民味（如邱吉爾）；真的，這些學院確是各有風姿，各有趣味，新來者一點兒不庸俗（如 New Hall），老舊者又沒有一種要難為情的寒傖（如聖彼得）。這就難怪不屬於這些學院的人很少不喜歡，而屬於這些學院的就難免搞「學院崇拜」了！但是，真正人們鍾情學院、冷落大學的原因，我想主要還是在人不在建築。大學的建築雖然不少，但泰半是上課、研究的場所，比較是「智」性的；而學院卻是老者安之、少者來之的居息論「道」之所，比較是「感」性的。在這些學院裏，尤其是古老的，不止住滿了院長、院士、導師，以及年年飛入庭園猶如春燕

的莘莘學子，還住滿了過去的名士和先驅者的英靈。那些有一群巨靈居息的學院（如三一），又親切，又神秘，最是照眼奪目，而主要也是這些古老的大學院才得與大學分庭抗禮，甚至有搶奪大學光彩的聲勢！

所以，劍橋大學不像一般大學，決不止是一大群「學部」的組合（如文學院、理學院、法學院等），而是一大群「學院」的結合。她是一個聯邦大學，一個由學院結合而成的聯邦團體，此所以劍橋被稱為「學院式的劍橋」（Collegiate Cambridge）。在「學院式的劍橋」裏，每個成員，不論是教師、行政人員或學生，在原則上，都有雙重的身份，雙重的忠誠。一個屬「大家」的大學，一個屬「自己」的學院。這雙重身份、雙重忠誠有時合一，有時分離，有時衝突，有時和諧。出了劍橋城，每個人都只有「劍橋人」的感覺。這種感覺在與牛津「三月」賽舟的時候，表現得淋漓盡致，到了渾然忘「院」的境界；但一進入劍橋城，則各人就成為你是三一的，我是聖約翰的（順便一提，這兩個學院是「世仇」，彼此搶爭光芒），又似乎只有學院沒有大學了。

一絲不假，在劍橋，學院如「家」，如「王國」。不屬於學院的教師、行政人員或研究生便猶如「無家可歸」、「無國可去」的人。此無他，蓋學院基本上是居息論道，情之所牽的地方耳。劍橋不是一開始就是學院式的大學。在十三世紀初葉劍大很像現代的大學，學生不是住校的。事實上，在沒有學院之前，所謂學者不少是流浪漢，行為放蕩，暴烈少禮，頗有七分流氓氣，紳士云乎哉！而他們又泰半窮得兩袖清風，有的甚至靠乞討為生。當時，他們只需跟上一位大學認定的教師，便算取得劍大入學資格（此與以後之需「小過關」（Little go）及今日之嚴格考試與甄別完全不同）。後來「學院」之出現，與其說是立校設教，不如說救難濟貧。在十三世紀末葉，二位衣黎（Ely）的主教先後把那些流浪漢收容在一個叫聖約翰的醫院裏，供住供食，還立了生活的規矩，長者督責，少者受訓，這樣劍大的第一個學院便無意中產生了。當時學生雖不一定做神職，但斷非以求知為第一，而最重要的「教育」活動便是在教堂裏。那時候，「院」規嚴峻，男女授受不親（指對院外女子）固不在話下，即使正常的運動也

在嚴禁之列，有極濃厚的中古寺院的「清規」氣味。根據劍橋史學名家狄凡凌（G. M. Trevelyan）之說，學院這東西雖初顯於巴黎（巴黎、牛津、劍橋的學院都比宋代的書院稍晚），但卻只在英國繁衍發皇。他說最早的學院之嚴規峻戒把學生的流氓氣清除淨盡，使學術開始「文明化」，功不可沒。而劍橋（當然還有牛津）之學院，其後則成為英國其他大學之源頭活水。克萊亞學院院長艾雪培（Lord Eric Ashby）在哈佛的哥金（Godkin）演講中指出，英人之重視學院，是由於英人相信大學教育非職業教育，認為師生之不拘形式接觸以及學生們共食同宿，具有道德教育之效果，此為養成領導群倫及保護文化遺產之人物的正途。關於這一點，一九六二年羅賓士委員會之報告雖力促劍大多方面的改革（如評劍大教育過分專門化等），獨對「居息一堂」之價值則毫不懷疑，從它歷史的發源來看，我們就不會奇怪為何今天劍橋（及牛津）好些學院，不叫 College 而叫堂（Hall：如 Trinity Hall，New Hall，Clare Hall）或屋（House：如 Peter House，St. Edmund House）了。因為中古時候學院主要是同食共宿而已，「堂」者

食堂，「屋」者宿舍耳。當時學院也重宗教及道德上之管束，但並非是「傳道、授業、解惑」之處，學院之稱 College，大概是十五世紀的事。而十五世紀也是學院在劍橋生根的時期。有一點不妨一提，College 一詞我們譯之為學院，實則它的原意只是一種基爾特，一種組合，一種會社。大學的 College 可説是「學者之會社」。

英都鐸王朝時期，或十五、十六世紀，是英國社會形態塑造凝合的時期，也是「學院式劍橋」的晶化定型的時期。在這一二百年中，先後出現了劍橋十一間著名的學院（此後一直到十九世紀維多利亞時代才又出現另一蓬勃的建院運動，最早的歌登及紐南二女學院在此期出世），在這段時期中，學院有錢，捐贈自王室、貴族、教會源源而來，有的大學院捐贈大、收人多，富可敵「校」（大學本身）。不！大學在這時期根本窮得要命，事實上，早在十四世紀大學本身就想建立一所「大學學院」，就因為財政拮据，半途而廢，而為一位貴婦人承接下去，終成為後來氣質高雅的克萊亞學院。早期的捐贈大都給學院，大學所得的捐贈相形見絀，但到了十二世紀初葉，

大學本身開始獲得外界大筆頭的捐款，而各學院還得按照經濟情形對大學「貢納」了。我們知道，關於教學、授予學位原初就是大學的特權，但到了十六世紀宗教改革以後，劍大教授的功能幾乎都轉到學院手中，大學只剩下頒給學位的權力而已（王家學院挾王室之聲威，甚至連學位都要自己決定，後因激起他院之公憤，終於在棍棒的怒潮下讓步了）。這一直到十九世紀末葉、二十世紀初葉，經過了多次皇家委員會的調查、研究、建議，特別是在一八八二年及一九二六年法案之後，這種學院喧賓奪主的現象才又徹底轉變過來。現在，教學又完全掌握在大學手中，而學院則只保留了甄選大學生入學權及小規模的導修工作。這半個世紀以來，學院又漸漸回到十三世紀中古時期的格局，即學院主要只有居息切磋的功能。七百年一個大輪轉，歷史的發展有如此奇妙者！

但是，劍橋學院七百年的一個大輪轉，畢竟不是迴轉到中古的原地。中古已經早成史跡，幾個世紀的發展已使學院成為堅實的學術文化的團體，而無數前人之心血、精神更已使學院凝構為一有血、有肉、有性格的組合。許多學院的外表

看來還像中古的寺院，而今日的鐘聲雖依然悠揚可聞，但冷規清戒則蕩然無存矣！

今日劍橋的學院，都鐸王朝、維多利亞時代那種「獨立王國」的氣勢是大大沖減了，但它們還是劍橋的特色所在。古典清雅的氣質還瀰漫在學院的方庭、迴廊、草地上；切磋辯難的心靈活動還充溢在食堂、休息室的杯酒交談之間。一柱一石，一桌一椅，看來是古代的，但一言一思，一投手一舉足，都是現代的。在學院裏教育不是冷冰冰的，不是單軌的，不是那樣機械式的，它是溫文的，雙軌的，帶有很濃的「人情味」。

不管如何，劍橋之為劍橋，主要是因了這些學院，劍橋的學院從傳統中走來，但沒有與傳統割裂；它們不是存在「過去」裏，但確是在「歷史」中。學院有許多制度習慣不是不可批評，並且大可批評，而火辣辣的批評也不少，但一般地說，劍橋人很少不喜愛她，不是劍橋的人很難不欣賞她。虎死留皮，人死留名，在英國最好的留名方法恐怕就是在劍橋或牛津捐建一間學院了。假如不是王家學院，還有幾個人去理會亨利六世、八世的？不是皇后學院又有誰記得瑪格麗特

與伊麗莎白？沒有耶穌學院、茵曼紐學院，更有誰知道奧柯克主教、馬特梅爵士其人其事？這就難怪去歲八月初來劍橋時，還有一位叫羅伯遜君的商人，一口氣捐了一千萬英鎊要辦一間學院，他的興學創院的雅意被劍橋接受了。當然，羅伯遜君亦將與羅伯遜學院垂之久遠矣。

劍橋的學院就還有這樣的魅力！

一九七六年一月三十日，舊曆年除夕

St John's College, Cambridge

劍 橋 語 絲

是中古的，還是現代的呢？
——談劍橋的學院之性格

　　談劍橋總是談劍橋大學，而談劍大總得談劍大的學院。

　　劍橋大學的三十個學院，常被描寫為三十個「獨立王國」。説學院是「獨立王國」，這在十五世紀到十九世紀這段時期中，確實不算太誇張，即使今日學院還有獨立不可侵犯的氣勢。學院只要關了大門，就不只阻止了 town（一向代表劍城的世俗權威）的權力的進入，縱使大學的權威也要到此止步。曾任劍大訓導長（proctor）的班斯坦先生在他一本書中就告訴我們這樣的妙事：

　　　　話說一個夜晚，一間學院的學生偷偷從寢室爬出。他的一隻腳已經跨入劍城的街道，另一隻腳還留在學院大門裏面。這個學生不止想夜行外出，居然還沒有穿上學袍。就在這個緊要關頭被巡街的劍大訓導長撞見。按照校規，這個學生該罰款六先令八

便士。但這位訓導長非常客氣地通知學院當局，他說他只罰該生三先令四便士，另外一半則聽由學院自己處置，他認為這樣做是最公道的。

這則妙事，最形象化地說明了學院的獨立主權。學院之主權是由學院的規程而來，而規程是由英王及國會核准的。

劍橋古老學院的又高又厚的大門象徵「主權」的領屬，也象徵「靈界」與「俗世」的界線。站在街上，只能看見那突入天際的禮拜堂，其他就幾乎都給重重門牆鐵柵半掩半遮地擋住了。但進入大門，眼界便豁然一開，寬敞的方庭，肅靜的迴廊，修整得一塵不染如秀髮的草地……完全是另一種天地。不！應該說好多種不同的天地。真的，在方庭之外，我們看到的是四季之轉換，是四種不同的淡妝濃抹；在方庭之內，我們看到的則是世紀的移動，十三世紀的、十四世紀的、十五、十六世紀的……

三十個學院有三十種風格，三十種院規，我們不能舉一反三，或者如約翰遜博士所說：「你不

必吞吃全牛，才知道牛肉是粗的。」的確，你認識了一個學院，並不保證你定能推想另外二十九個學院的格調和趣味。別的不說，單單院長的稱號就互有不同，有的叫 master，有的叫 provost，有的叫 president，也有的叫 principal，而女學院的院長中還有叫 mistress 的（有人擔心將來就因為這個稱呼而無法請男士來做院長了！），真會搞得你一頭霧水。至於院長的產生，雖然絕大多數由院士選舉，但也有由英王任命，或需有外界代表參與選舉的，不一而足。有的學院只收男生，有的學院只收女生，有的則男女兼收；有的只有大學生，有的只有研究生，又有的二者兼而有之。大的學院院士逾百，學生近千，小的學院則院士不過二三打，學生不超過一百；講院齡，有的有七百年之壽，有的剛剛呱呱墜地……新來劍橋時，真給他們弄得頭昏目眩、莫名其妙。美國教育界偉大先驅者佛蘭斯納先生（A. Fiexner，他是普林斯頓高級研究所的首創者），在一九三〇年考察世界大學之餘，譽牛津、劍橋為真正無愧「學術機構」四字的頂尖大學。據他研究，牛、劍成功之秘訣就在他們有「多樣性」的學院結

構。佛蘭斯納先生的「洞察」是否走眼，我不敢在此輕加評述，但牛、劍二校學院之多，性格之異，則確是多彩多姿，而要了解劍橋也變成戛戛乎難矣的事了。事實上，研究劍橋也已駸駸然成為一種專門學問，這不但有劍大通史、斷代史、專史，還有無數的學院史，更有人窮數年之功力用一本厚厚的書只寫王家學院禮堂的彩色玻璃，或者只寫劍橋建築的石頭。在這種情形下，我只有效法先賢陶淵明「不求甚解」的欣賞心情，隔「霧」看花，漫而談之了。

學院的規模不一，但組織與建築的格局則大同小異。從建築上說，總有一個相當大的食堂。民以食為天，最早的學院實在只是窮書生的飯廳，而以後所建的食堂大都美輪美奐，有的用餐時還只用燭光照明，甚富神秘浪漫之趣。其次，總有幾條長的廂房，這是師生同宿共息之處，正是學院式生活之根本。當然，學院在原則上總有一座禮拜堂，這是最能表徵中古宗教精神的地方，也是雕樑畫棟，常是最顯建築美的地方。再則便是圖書館了，這是院士、學生的精神糧庫，有些蓋得典雅堂皇，煞似一流的博物館。此外，

總少不得一個十分風光的院長起居房，有的華麗得像君王的行宮，真是不明道理所在？不錯，中古以來，Master（院長通稱）是被看做人類中不同的「屬類」的！最後，學院恐怕都少不了一座大酒窖。院士們不似東坡居士那樣「不可居無竹」，卻是堅持「不可餐無酒」的！

在學院的「王國」裏，從組成上說，院長、院士及學生是最主要的骨幹，院長與院士幾乎都必然是大學的成員，或為講座教授、教授，或為講師。他們都是叫做「堂」（don，勉強可譯為老師），除教授之外，其餘院士大都要兼理導修（supervision）工作，凡做導修的工作者稱為supervisor（可譯作導師）。院內有一些職員，全由學院自己任命。他們是：（一）tutor（有點像教務長，但又兼輔導的工作，在牛津 tutor 是導師，同名異實也）：他對本院學生之取錄有大權，舉凡學生的學業、福利他都顧而問之。由於學生日增，有些學院已不止一個 tutor 了。（二）dean（牧師）：他掌理禮拜堂之一切典儀，不久以前，上禮拜堂還是院士與學生之必修作業。有些學院還有叫 dean of college 者，但他卻不是神職，而是訓

導員。（三）bursar（財務主任）：他管理財務及會計。（四）prae lector：他還有另一怪稱呼叫 father of college（直譯是學院之父），但千萬不要誤以為他是學院之創始人或什麼的，他只是在大學學位授予典禮時，把本院的學生一個個呈介給大學校長的人。寫到這裏，我真覺得劍橋太多「名」、「實」不符的東西，亟需來一番「正名」功夫也！再則，還有監廚、圖書館員及學院本身的少數講師。這些職位，除監廚、圖書館員外幾乎都是院士兼任。除此之外，還有大師傅及院僕。大師傅關係院士們口福至巨，所以遴選極費心機，而有些學院頗以菜餚著名於劍橋而得意。至於院僕，很多是白首青衫，文質彬彬，他們「終生為院」，常有及身親侍祖、父、孫三輩，看他們由入學而畢業而名騰國際。當他們返校之日，輒有與院僕把臂話舊，舉杯稱觴之美麗鏡頭。在中古時候，院僕常有把數十年積蓄悉數捐贈學院之事。院僕不死，他們跟許多偉大的院士及學生一樣也化作學院的「傳奇」之一章！

學院對外似「王國」，對內則是一「共和國」。學院的統治機構是院士委員會，每個院士都有同

等的發言權。當然，這種民主化的現象是比較近來的事，過去的學院，階層嚴峻，尊卑判然有別。話說三一學院有過一位叫衛勒爾的院長，心熱面冷，視規戒為聖物。一日大雨滂沱，衛勒爾未帶雨具，十分狼狽，一位學生看見了，即趨前以傘遮之，雨久不止，四眼相對，頗為尷尬，那個學生即找話題破默，豈知衛勒爾院長面無笑容地說：「汝不可與吾直接交談，汝應通過導師始得與吾語，其汝知之？」另外還有院長高格自標，不屑跟院士共餐之怪聞。俱往矣！自「德」先生（民主）進入劍大後，學院之面貌精神已經有了巨大變化，今日雖然長幼依然有別，尊卑還是有差，但每個個體的人格都受到尊重。有些民主的學院則真正做到了：Everyone is somebody, no one is anybody。

劍橋學院是一種相當有趣的組織，這種組織對於成員有最全面的「佔有慾」。它不但要成員對它在精神上有完全的認同，並且要成員對它在形體上有徹底的歸屬。在十九世紀末葉之前，院士是不允許結婚的。要結婚的話，你在新婚前夕就得準備好辭職書。「洞房花燭之夜」與「金

榜及第時」（院士比之金榜，不算誇張）在劍大學院是兩美難全的。在過去，院士者誠不啻與院結婚之士也！的的確確，過去的院士真是以院為家，以院為天地。讀於斯，長於斯，教於斯，老於斯，乃至死於斯。今日有些學院裏，甚至還可看到青塚黃花，一些終身「嫁院」的院士墓穴！學院這種全面佔有慾的性格，十六世紀的耶穌學院的故事表現得最清楚，此即著名的克倫瑪（T. Cranmer）院士因與一女士結婚而不得不辭職，嗣後該女士難產而死，克倫瑪又成獨身，才又選為院士。

前些時跟一對美國夫婦社會學者柯塞（Lewis & Rose Coser）談天，大家不期然談到劍橋的學院，柯塞先生（他是上屆美國社會學會會長）說他會把劍橋學院歸屬為「貪婪性組織」（greedy institution）的一種，他所謂貪婪性組織即是指對成員有無限要求的組織。這名稱聽來不很舒服，但卻十分切題。不過，劍橋學院對成員的貪婪性卻基於自願與情感的基礎上，合則留，不合則去，學院決不會用繩索綁起你來，而學院對院士雖有無限的「佔有慾」，但卻不是片面的、單

軌的。學院對院士的眷顧可說無微不至。如為院士，則可以在學院高腳枱上、休息室裏免費吃飯、喝酒、飲咖啡。這並非只讓你填飽肚子就算數，而是讓你有「此菜（或酒）只在本院有」的自豪感。此外，還供你研究室，分你學院的「花紅」（如果是富有的學院的話）。假如你兼導修或行政職務，則更給你大學以外的一筆薪水。不止乎此，院士（限本院的）還可在專設的「院士花園」邀「月」共舞（對不起，女伴在學院是難有的，即使今日，有的古老的學院甚至連自己太太都不能請去高腳枱吃飯。保守？頑固？不錯，很多人就這麼説），在綠油油如地毯的草地上行走。學院這個貪婪的組織就是這樣千方百計讓院士安頓下來，讓他們能在此安身立命。一當選院士，學院就不讓你擔心柴米油鹽。學院不同意「窮而後工」的哲理，而是要你在無憂無慮（當然不是窮奢極侈，事實上就物質生活言，他們比美國的教授是差了一截）的心境下做學問。這樣院士豈不容易變為「飯來張口」的大懶漢？誠然，懶漢不是沒有，但佛蘭斯納説得好，劍橋及牛津就提供了這樣的環境：「懶者可懶，勤者可勤，創立者

可以創立。」

　　學院的貪婪性自一八五六年後已開始減弱，因自那一年起，院士可以結婚了。不准結婚，誰願意再為「院」守寡？更如何能留得住像羅素這樣風流偶儻的人才？時代在變，社會在變，學院的大門再擋不住院士與學生向外推拓的力量，也擋不住社會向內湧進的世俗化的浪潮，以前「德」先生之光臨，使學院的「貴族」、「專制」的氣氛為之一變，而現在越來越有力量的「賽」先生（科學也）更使學院閉門自成學術王國的局面發生根本性之變化！試想想看哪個單獨的學院可以辦像「開溫第士實驗室」或「莫爾鐵諾研究所」（Molteno Institute）這樣譽滿國際科學界的機構？由於科學文化進入劍橋，學院的大門已經向大學敞開！不止如此，學院也已越來越向社會招手了！君不見乎，劍大二十世紀設立的學院，如邱吉爾學院，如 New Hall，Clare Hall 不是都沒有了高門圍牆？這是不是建院君子刻意的象徵傑作呢？我不知道。但我知道劍橋學院已經向貧窮的子弟招手，已經向女子招手，已經越來越從局限的「小天地」走向廣大的社會。

學院變了，劍大當然也是變了。有人説劍橋除了教務大廈內畢業典禮中大學校長唸的拉丁文外，其餘的都變了！然耶？非耶？劍橋人會同意，也不會同意，因為劍橋的變與她的不變是同在的。劍橋人説：

人們總對劍橋的種種變遷感到驚訝 ——但又驚訝地發現，劍橋怎還是熟口熟面，體態依然。

誠然，在劍橋，特別是在古老的學院，一切是那樣安靜、凝定，當你驀然聽到迴廊中傳來青年學子篤篤的腳步聲，是從「過去」走來「現在」的？還是從「現在」走去「未來」的？正在你迷惑的剎那，風裏送來了片片鐘聲，飄在天際，蕩在耳邊。是中古的，還是現代的呢！？

一九七六年二月六日寫定

King's College, Cambridge

劍 橋 語 絲

從劍橋到牛津

　　在世界學府裏，牛津與劍橋是十三世紀以來最能保有古典神貌與傳統的中古大學；在英語世界的大學中，他們是歷史最悠久、聲光最煥發、性格最特殊的大學；而在英國，則他們更是學術界的重鎮，決定教育動向的至寶雙尊。不錯，他們是雙尊，是英倫大學中的瑜亮。但卻不知誰是瑜，誰是亮，也沒有一個有「既生瑜，何生亮」的感觸。他們是對手，但不是敵人。更妥當的比喻是，他們是一對兄弟，一雙姊妹。牛津人稱這對兄弟大學為 Oxbridge（Oxford+Cambridge），劍橋人叫這雙姊妹大學為 Camford（Cambridge+Oxford），誰也不肯做第二！

　　來劍橋已五個月了，聽了不少劍橋人講牛津的故事，也看了一些牛津人寫牛津的事兒。一對兄弟，一雙姊妹，認識了一個，不能不想去探訪另一個。聖誕已過，新年將來，這是假日中的假日，也是大學最清靜的時日。我最喜歡在靜靜的辰光去探望想看的朋友。於是，十二月三十日

清晨，在不曾期待而惠然來臨的陽光中，我帶了龍兒乘汽車去了牛津。一路上，英格蘭的田野風光，像一幅幅油畫，顏色用得很濃、很灰，但不時透出片片清綠，這似乎有些像英格蘭人那種深沉的性格中，不時流露出一些幽默的生趣。三小時就像在畫廊中匆匆溜過。

大得多了，壯觀得多了！這是我一進入牛津城時的直覺，當然，我是比較劍橋有感的。牛津有都會的氣味，大城的格局，車道四開，風馳電掣，站在 High 街上，所見的盡是巨石奔雲的渾厚建築，又風光，又有氣概，它們可與倫敦、巴黎最美的街道媲美。不錯，牛津一度曾是查理一世的皇都，難怪有一股金陵王氣！比起來，劍橋是一個又素又淡的鄉下市鎮了。我忽然發現劍橋大街小巷的單車在這裏都不多見了！還有，突然消失了的是那劍橋特有的，也是我最喜愛的雅靜！

牛津的中古的性格已經受到二十世紀最新工業技術的洗禮了。汽車工業帶來了財富，帶來了就業的機會，但也沖走了古典寧靜的氣氛，可是，牛津的古典的精神畢竟對現代技術文明有強勁的抗拒力量。就在牛津城的大道通衢上，豎立

了一座座龐大的牛津的學院，如麥特蘭學院、皇后學院、大學學院、貝里奧學院、三一學院、基督學院……每個學院都有崢嶸宏偉的高門危牆。在門牆外，車水馬龍，確是二十世紀；在門牆內，鴉雀無聲，確似中古世界。這是與劍橋的學院一樣的，學院的門牆就是「靈」與「肉」、「大學」與「社會」的界線，就是「學袍」（gown，代表大學及學院，在不太久前，院士與學士離開校門都得着學袍）與「市鎮」（town，代表市鎮的權力與市民）間的疆界。假如家是英人的堡壘，那麼牆內的方庭就是學院的王國了。可是，在劍橋，學院雖然也有門牆，但總不那麼高，不那麼危，看起來，比較樸拙，比較虛懷，沒有牛津各學院那麼君臨街市，傲對世人的神態。這也許是牛津所以比劍橋有更多、更激烈的「學袍」與「市鎮」的戰鬥的原因吧！但話又得說回來，牛津城這麼大，街道這麼寬，如果不是學院的高門危牆，也許牛大會給牛城吞沒（巴黎大學的蘇彭看來就全給巴黎城吞沒了！）。唯有這樣，牛大與牛城才算分庭抗禮，平分秋色。而在劍橋，則街小巷窄，學院門牆不必太過崢嶸壯大，已經是不

高而自高，不壯而自壯，劍大顯然壓倒了劍城，劍橋是真正的大學城。大體說，從外表上看，牛津的學院較像宮殿，有較重的王家氣派；劍橋的學院則更像寺院，有更多的聖者氣象！

　　牛津大學的 Clarendon 行政大廈、Ashmolean 博物館、Sheldonian 劇場、Radcliffe Camera（為大學 Bodleian 圖書館的一部分），固然是巨柱擎天、龍蟠虎踞的大建築，想置諸羅馬、雅典，亦無遜色。而基督學院龐然巨物的湯姆塔及大教堂（Cathedral，這是英國最小的主教總教堂，也是學院中最大的禮拜堂）巍峨壯觀，不可一世，鮮活地反映了創校人紅衣大主教瓦斯萊（Wolsey）的雄心偉志，他立意要建立一個壓倒所有學院的大學院（在我看，除了劍橋的三一學院，他的宏願是實現了），而聳立在愛西斯（Isis）河畔的麥特蘭學院的十五世紀的巨方鐘樓，孤傲不群，不知怎的她使我想起巴黎鹿特丹大教堂的鐘樓（鹿特丹大教堂是旅居巴黎的老同學楊允達兄帶我去看的，據稱查理斯勞頓所飾雨果的《鐘樓駝俠》一片，即在此拍）。當然，到牛津的人不能不為他的聖瑪利亞教堂及她鄰邊萬靈學院的大小峻拔的

塔尖所吸引。牛津十九世紀的大詩人馬修・阿諾德（Matthew Arnold）在讚美他的母校時就畫龍點睛地唱出：「那座甜蜜的都城，她的無數如夢樣的塔尖！」真的，一排排，一行行，像石筍般挺秀的塔尖佈滿了牛城的天際，遠遠向上望去，每支石筍都似挺立雲端的神像；牛津直似一座萬神聚合的天城！假如牛津景色的精華是雲端的塔尖，那麼劍橋的精華便是飄過劍河美如彩虹的座座天橋了！如果說牛津是天城，則劍橋必是仙鄉了！一絲不假，劍河流過的無數古老劍橋學院的後園，嗅不到一些兒塵煙，見不着丁點兒俗物，水飄雲流，萬物自得，驀地裏出現一裙裾飄逸的仙子，突然間送來一片簫聲琴音，你都不會有半點驚訝！

牛津的美陽剛，劍橋的美陰柔；牛津男性化，劍橋女性化。到牛津探訪，即使在行色匆匆中去來，你一招眼，便會被他的雄健的霸趣所震動；你不可能逃過他逼人的、具有震撼力的美的照射。但是劍橋就完全不同了。設若你不能輕輕地、悄悄地去尋覓，你可能過了她的門口還不懂劍橋的秀名來自何處？劍橋的調子是輕柔的、徐

緩的，她不稀罕你讚美，她大方高貴中還帶幾分羞澀。她不太高興觀光客的騷擾，她只歡迎舊雨新知的來臨。在雲淡風輕的午天，在夕陽初斜的傍晚，從容地踱進三一學院偉大的方庭，小立在克萊亞學院的橋頭，佇看插入雲層的王家學院的尖塔，再傾聽三一學院禮拜堂發出華茲華斯描寫的「一響是男的，一響是女的」奇妙鐘聲，那麼，你算是會遇了劍橋，擁有了一刻即是永恆的精神世界了！

當然，上面所說的只是我對牛津、劍橋的籠統印象，籠統的印象總是比較直覺、比較主觀，也比較不周。其實，牛津雖屬男性陽剛之美，但也有陰柔的一面；而劍橋雖屬女性陰柔之美，但她也有陽剛的一面。在劍橋的「王者廣場」的周遭，見到的聖瑪利亞教堂的鐘樓，銀灰色的教務大廈，基斯學院的肅穆三門（德性之門、謙懷之門及榮譽之門），無不剛健威盛，而被譽為歐洲最佳哥特式的王家學院的禮拜堂，則更是鷹揚飛發，莊嚴雄健。反之，在牛津，湖塞斯德學院的美麗小湖總使人聯想到劍大茵曼紐學院的半畝池塘的清秀，而當我走入麥特蘭學院的後園的時

候，我不能不同意這是牛津最美的學院，不單是那二百五十年歷史的鹿園，使人立刻產生寧靜祥和的感覺，而沿着愛西斯河的麥特蘭小徑，則更是幽雅絕塵。大史家吉本描寫其當時母校和尚式的中古生活，對景思古，依稀還能體會。

劍橋與牛津確有顯著的不同，但與別的英國大學，或者世界其他大學比較起來，則劍橋、牛津又幾乎是一對孿生兄弟，一雙孿生姊妹。他們都是中古發展而來的七百年古老大學。在制度習慣上，二者都有舉世無雙的學院制（其他中古大學皆已變質，而世界模仿此二校者都只得其形貌而無其精神。學院制是牛津之所以為牛津，劍橋之所以為劍橋的根本原因之一），都有榮譽學位制，都有導修制，都有訓練政治家的辯論社，都有一起談天、飲酒、吃飯、喝咖啡的生活傳統……在建築設備上，他們都有大學本身的並且都叫聖瑪利亞的教堂，都有幾百萬冊藏書的圖書館（此外，各學院有圖書館，各學部有圖書室），都有歐洲著名的博物館，都有研究觀賞兼用的植物園，都有望重士林的出版部，不一而足。牛津與劍橋不止二者有獨一無二的學院制，有趣的是

二校許多學院連名字都幾乎一色一樣：如三一、耶穌、麥特蘭、皇后、聖約翰、基督、潘波羅克、伽薩琳。更妙的是，二間大學都有一條河（但劍河比愛西斯河靈秀得多），都有一座太息橋（劍橋的是水上的，牛津的是陸上的），而各個學院裏都有禮拜堂，都有四方庭（牛稱 Quad，劍名 Court），都有精緻的草地（劍橋的草地美得尤絕），都有大食堂（內有高腳枱，食堂與禮拜堂是牛劍二校學院的極重要的建築，並且都是美奐美輪，古色古香的藝術傑作，過去，學生的人數幾乎決之於禮拜堂的大小，現在則幾乎決之於食堂的座位）。說實話，牛津劍橋相同的地方實遠過於其相異處，二校有些學院不但貌似，而且神近，如果易地而搬，幾乎可以亂目。再從歷史的發展看，二者的誕育都與寺院、王室、貴族息息相關；二者的學術性格與文藝復興、宗教改革密不可分；二者都有「學袍」與「市鎮」的戰鬥史，都有向教皇、向王室、向國會爭取自主的運動，都有學風敗壞、冶蕩無羈的不雅記錄，也都有創立學派、宏揚學術的光輝歷史。而最可驕人的是劍橋牛津都出過一長列的世界性、超重量級的科

學家（如劍之牛頓、哈維、達爾文，牛之羅吉・培根），哲人（如劍之弗蘭西斯・培根、羅素、懷海德，牛之摩爾、陸克、霍布士），詩人（如劍之米爾頓、拜倫、丁尼生，牛之雪萊、蘭道、辛尼），文學家（如劍之班強生、薩克雷，牛之約翰遜、羅斯金、紐曼），歷史學家（如劍之麥考萊、艾克頓，牛之吉本、湯因比），建築學家（如牛之雷恩），經濟學家（如牛之亞當・史密斯，劍之瑪律塞斯、凱恩斯），政治家（如劍之克林威爾、璧德，牛之葛蘭斯東）。誠然，牛津劍橋是英國大學中的雙尊，但他們是雙星，不是日月，因為沒有一個是借另一個發光的；二者都靠自己的熱，發自己的光。而二者加在一起，光芒就越發奪目照眼了！試閉目一想，假若沒有這些科學家、詩人、哲人等，英國會不會是英國？世界（物質的與精神的）又是不是會有另一副面目？這些巨靈在世界學術文化各個層面發光，但他們的形象是抽象的，遙遠的，而在他們自己的母校，則他們是具體的、親切的，他們仍然活潑潑地在各個學院的方庭、樓階、食堂、草坪、河邊、橋畔。這些巨靈構成了牛津、劍橋活的傳統

的核心。在學院裏，他們受到最親摯的寶愛和慕悅，他們並沒有被狂熱地崇拜。他們是人，且曾經是跟今天的莘莘學子一樣的少年；他們是巨人，他們的後之來者尊敬地跟他們默默對話，但卻勇敢地、當仁不讓地站在他們的肩上，向前瞻看。所以牛津、劍橋不止有昨天、今天，還有明天。

劍橋與牛津是英國的，但他們卻已形成了他們自己的生命。七百年來，帝王不知換了幾個，政權不知有過多少次的輪替，江山也不知幾度變易，但這二所大學還是像磐石之固，雲天不老。在倫敦西敏寺的泰晤士河畔，我看到了大英帝國落日的殘照。但在劍河，在愛西斯河畔，則我不止欣賞到夕陽的彩霞，還見到了晨曦中破雲而出的耀眼金光。

一九七五年除夕自牛津歸來寫

Don：在歷史中漫步的人

　　劍橋到處是古樹，到處是草地。有樹，有草地的地方就是劍橋的學院，不！應該說：有劍橋學院的地方就有樹，就有草地。有一件事我一直不明白，就是劍橋的草地始終是綠色的，儘管這裏的冬天寒冽逼人，整個小城變成一片鐵灰，但奇的是它的草地總是四季常青。雪來了，浮一片潔白，雪溶了，又還它青綠。綠得又翠又碧，綠得有生機，綠得躍動！

　　劍橋有些古老的學院，樸拙、沉暗，像昏昏欲睡的老人，眼睛半閉，匆匆的旅人，面對他幾世紀的風霜，不由得會覺得他是歷史的古跡！但是，你被他的蒼老的外貌欺騙了。他不是死的，他不是供人憑弔的。他是活的，他的學術文化的脈搏跳得極是生猛，他像那常綠的草地充滿生機，充滿躍動的韻律。他不止每年有一群群春燕似的學子飛入方庭，他更有一批常年致力於學問的老少學人游息其間。

　　今日劍橋的學院已不是教學的中心，教學的

重任在大學，但是學院還有它重大的教育功能。如我們説大學之主理講堂授課是掌握了「言教」，那麼學院之負責導修，注重師生之接觸，便不啻肩負了「身教」的重任了。講到「身教」，我們就不能不談學院的堂（Don）了。

什麼是「堂」呢？「堂」這個字是從西班牙轉來的（記否賽凡提斯的巨著：*Don Quixote*？）。它是一種尊稱，意指有地位，有頭有面的人。經過了一個神秘而有創造性的轉變，自十七世紀以來，「堂」在劍橋（及牛津）已成為院長、院士及導師等的通稱，勉強地説，「堂」就是「老師」！但這是劍橋、牛津的特產，別的大學的「老師」就沒有叫「堂」的。

Don 這個字，聽起來就有古意（在反古厭古的人的耳朵裏就不是滋味了）。也因此，在一般人心目中「堂」好像應該是白首窮經的老儒，實際上，像克萊亞學院院長艾雪培爵士或基斯學院的院長李約瑟博士（此為國人所熟知者）是「堂」，而年未而立的小伙子也可能是「堂」！長久以來，「堂」給人的形象是古怪、孤傲、滿肚子學問（或「牢騷」？）還有些勢利眼（喜歡富貴

子弟也），這種氣味便是「堂夕夕」（donnish），不用說，這種形象與實際也多不符，至少今日已很少「堂夕夕」的「堂」了！

給「堂」作畫像真不簡單，在今天劍橋的堂裏，老的、少的；男的、女的；搞古典的、弄科學的；溫和派、激烈派；信教者、無神論者；有的喜着學袍，有的愛穿牛仔褲……各式各樣，應有盡有，假如說學院是大千世界的小宇宙，那麼這個小宇宙裏還有大千世界。凡是讀過施諾爵士（C. P. Snow）所寫《陌生客與兄弟幫》（*Strangers & Brothers*）這一系列著名小說的人，便會感到劍橋學院是英國版的「大觀園」，裏面的人物，個個性格不同，很難找出一個標準型的「堂」來，有人說過：「大學是人之靈魂的鏡子」，那麼在劍橋的鏡子裏反射出來的確是各個不同的靈魂。劍橋可以什麼都是，但不是大量製造標準化之「劍橋堂」的地方。當然，劍橋不是沒有很突出或有典型性的「堂」，有人就以為賽吉維克（Henry Sidgewick）是第一個「現代的劍橋堂」。此公是十九世紀三一學院中青年學者的代表人物，他是一哲學家，也是一偉大教師，他幫助創立了劍大

的紐南女子學院！

　　劍橋堂可以分為三種。一種是名揚世界的，一種是名譽劍橋的，還有一種則大名不出學院的門牆的。這個三分法不是沒有意思，但更貼切的不是三分法，而是二分法。即劍橋堂中有的是屬於學院的，他們是「學院堂」。有的是屬大學的，他們是「大學堂」。不屬於學院的堂，有的教書，有的研究，也有的辦行政，不論他們有家室或單身，他們不屬於學院便沒有在高腳枱吃飯，在院士休息室喝酒，或在四季常綠的草地上踏青的特權。不！這些特權還是次要的，有些人才不稀罕呢！最主要的是他們沒有了社交，沒有了談天論道的機會了。失去了這些，那麼他們對劍橋的生活只能說體會了一半，喪失了一半。最近大學本身也給「大學堂」設立了一個堂皇的休息室，但那畢竟顯得冷清，顯得缺少親切感。一絲不假，在劍橋，有些著作等身、譽滿士林的「堂」，其他大學雖高薪厚祿也不能把他們「挖」走，這與其說與劍橋的聲譽有關，倒不如說與劍橋，特別是各學院所提供的那種生活的情調與環境有關。在劍橋，特別是在各學院裏，一草一石，一樹一

屋，無不是物質的，又無不是精神的，目之所見，耳之所聞，盡是「取之不盡，用之不竭」的物質與精神合一的詩境畫界。這就難怪劍橋堂雖非聖賢之徒，也大有「富貴不能淫，貧賤不能移」者在了！說來不免有些奇妙，在劍橋學院裏，幾乎沒有一樣東西會提醒你，英國還是世界第一個工業化國家呢！

劍橋的「學院堂」有二重身份（「大學堂」則只有一重），一是在大學講壇上從事「言教」，一是在學院裏從事「身教」。學院之重視「身教」是中古以來的傳統。學院的創建人幾乎沒有不在規程上說得明明白白的，要莘莘學子循規蹈矩，非禮勿視，非禮勿動；非着學袍不得上桌，非為上課不得出院門……遲至十六世紀末葉，院規中還有「鞭笞」的規定。牛津文豪約翰遜博士指米爾頓被笞的說法大概是空穴來風，但米爾頓之遭「放逐」（rustication：這是將犯了嚴重院規的學生，放逐到鄉間一段時間，而這段被放逐的時間將來還得補起來，因一個學生的畢業必須在學院住滿一定時間的）似乎是無可諱言的了。當然，時至今日，種種冷規清戒已經隨風而去了。

但是，每個學生一入學院，院裏的各學部負責人（director of studies）就會給他指定一個「堂」做導師（supervisor），導師與學生有一定時間的接觸，在一種面對面的情形下不拘形式的對話，此有「言教」的成分，更多「身教」的成分。除此之外，學院還有其他的堂對學生的品行、健康與福利加以關注，有「作之師，作之父，作之兄」的味道。在劍橋史上，雖然有不少堂與學生合不來的事，如華茲華斯就喜歡特立獨行，不中意堂的管束。但也有不少堂與學生真能親如父子、手足，情誼老死不渝者。在十九世紀以前，堂與學生朝夕相處，的確可以發揮重大的「身教」作用。那時大學院不過百餘人，小學院只有數十人，真是一個「人人識我，我識人人」的小社會，但現在大學院如三一、聖約翰學生已有逾千之人，小學院如聖彼得、辛尼、薩轍克斯也有二三百人（此以美國標準來說，只能算是「迷你」型），堂與學生間就無形中變得「陌生」起來了。

堂與學生間之關係的變化，不止是由於量的增加，也由於質的改變。在過去，學生都很年輕，培根進三一學院才十二歲；威廉・璧德入潘

波羅克學院時大約不會大過十二歲（此君二十四歲拜相），而偉頓（Witton）在伽薩琳學院做學生時還不滿十歲（此君二十一歲即入選皇家學會院士）。這些「古人」是否都是天才兒童，不得而知，雖然人稱偉頓十歲時已能翻譯希伯來文、拉丁文及希臘文（唐初王勃十四歲能寫出《滕王閣序》，一樣是奇事），但他們這些人總是少數之少數。不過，早期學生年輕是事實，在十六世紀時十三到十五歲毋寧是很普遍的。這些「乳臭未乾」的孩子，不論智力有多高，在感情上總未成熟，從而「嚴加管教」也不應是匪夷所思的事了。但今日入學年齡是十八歲，高頭大馬，再不能以孩童視之了。今日劍大教育即建立在把學生當做「大人」的基礎上。學院的教育不但沒有清規冷戒，而且可說相當自由放任了。當然，自由放任不是說學生可以放浪形骸，而是說他們基本上應該自己知道該怎麼做：大學上課固然一聽君便，即使學院堂的「導修」也主要地只是防止學生的「離譜」，而堂對學生品德也大概原則上只是在防止過分「鬼馬」耳。

學院的學生不再是都鐸王朝時代的小孩子，

而學院的堂也不復是十九世紀中葉前的處子寡男了。堂的結婚是學院性格發生變化的開始，但真正的巨大變化恐怕是學術性格的轉變帶來的。過去的堂可以有「學究天下」的通儒，而現在的堂則是越來越專的學者。自科學教育在十九世紀末葉大規模湧進劍橋後（劍橋之子牛頓雖早在十七世紀就已開出了科學上的大革命，但劍橋教育大踏步走上科學教育則在一二百年之後），新起的科學文化對傳統的人文文化發生了重大的挑戰，引起了人文文化的大危機；劍橋的人文學者柏倫巴（J. H. Plumb）說得不假，在自然科學的君臨之勢下，人文學只是在掙扎求不死，而社會科學則奮力求生存。基督學院的施諾的「二個文化」（two cultures）的演講激起了世界性的反應，而施諾所指二種文化的對壘或隔離即特別就劍橋而說的。不論如何，劍橋的教育似乎是決定性地走上了專門化的道路。這種教育的道路似乎與艾雪培爵士所提的教育哲學接近，他相信走向文化之大路是必須通過專精之門檻，由專精始可通達博文，否則不流於浮淺者幾希？在根本的意義上，今日之為「通儒」必須曉知科學，否則仍不足以言通達。

唯學術專化之結果，不止是二個文化的對壘，實是多種文化的並峙，隔行如隔山，彼此幾難有共同之語言。當然，所謂「二種文化」之危機決不止是「溝通」的問題而已，但各種學科圍牆自築，密不透風，「對話」且不可得，則綜合云乎哉？會通云乎哉？在這裏，劍橋學院似乎提供了一個很值得注意的制度，此非他，即「談天」之制度也！

　　劍橋學院之重視「談天」，可說莫此為甚。午餐時談，晚餐時又談，高腳杌上談之不足，又轉到休息室再接再厲，倘有佳餚美酒當前，則一談可談到午夜而不休，甚至有達到杯盤狼藉，不知東方之既白的田地。談天對劍橋堂來說是藝術、是較量「嘴上功夫」，談天沒有任何規矩可循，不過，原則上總不可、也不能只談自己本行的研究，否則不把人悶死才怪！不過，在一共通的問題上，大家各就本行的觀點，蜻蜓點水，點到為止，便算上策。當然，如果能碰上知己，見到「被邀請」的眼光，你盡可剝繭抽絲，來一番淋漓盡致的小演說，可是談天也絕非次次暢達無礙，實際上四眼相對，大碰白板的尷尬不是沒有。而講到嘴上功夫，雖然偶然也會聽到跡近

《世說新語》中的雋說妙句，令人拍案，但你也難免會發現坐在對面的是一個言語無趣、面目「不開胃」的男堂或女堂，至於那種「與君一夕談，勝讀十年書」的上乘談天則畢竟可遇不可求，而像我所屬的學院的前任院長璧柏教授那樣帶電的性格，更是少之又少。只要有他在，便是滿座春風，他雖是開溫第士講座教授，但他從不炫耀物理學上的知識。一位美國的年輕教授曾跟我説劍橋學院的談天的質素不敢恭維（他實際上説「太低」），想必他匆匆來去（他在另一學院做客數日），所遇談者情不相投，氣不相求，更沒有跟他作專而深入地暢論他的研究題目的了！平心說，劍橋學院之談天，意不在求專精（專精的功夫在圖書館，或實驗室做），而在求旁通。重要的是使你對本行之外的東西有所聞見，養成你一種對不同學問之欣賞與同情的心態。當然，談天本身也可是一種知性以外的東西，它毋寧是一種獨立的人生藝術，而劍橋堂在這種環境中，日積月累，自能擴大知識之視野；自能養成一種較全面的文化氣質。劍橋堂也許不必比其他大學的教師有何優越，但在學院的談天制度的「壓力」或

薰陶下，的確比較不能只安於做一個 know more and more about less and less 的一技之士！在我看，劍橋的學術的專門化還沒有形成洪水般的災禍，學院是一道有力的圍牆，擋住了洪水的氾濫，並企圖把它引入以便學院成為百花綻開的庭園。

劍橋學院中的堂的世界，不是全新的，也非全是古老的。當代的劍橋堂也許不會有像基斯學院創建人基斯醫生那樣好古、樂古與迷古，但絕大多數的堂還是喜歡學院中的一些歷史傳統，他們不會絕情的，也不會無知地完全走出傳統。他們知道哪些傳統應該無情地加以揚棄，但他們更知道哪些傳統應該用整個精神加以擁抱。

Don 是劍橋歷史的產物，他們仍在歷史的迴廊中欣欣然漫步。

一九七六年二月十一日

寫於 Clare Hall 誕生十週年紀念日

Pepysian Library, Magdalene College, *The Romance of the Cambridge Colleges*, 1913

劍橋一書賈

劍橋之為一個舉世聞名的學府，歸根結底，是由於它的學生中出了無數的偉人。但劍橋之所以能成為一個代出奇葩異果的大學，則是靠無數人的心血與精神的培育。沒有費雪（Fisher）這樣風骨凌厲、高瞻遠矚的大學校長，與伊魯斯瑪士合力推動希臘文，劍橋就不會成為英國文藝復興的新學重鎮；沒有尼維爾（Nevile）、巴羅（Barrow）及班得來（Bentley）這樣氣魄雄健、學識淵博的院長，劍橋就不會有像三一這樣無與倫比的學院。沒有麥斯威爾（Maxwell）、湯姆遜（Thompson）與盧特福（Rutherford）這樣的科學教育家，劍橋就不會有被譽為「天才養成所」的開溫第士實驗室（自一九〇一至一九七三年這段時間中，單單這個實驗室就培養了十六個諾貝爾獎得主，至於在那裏工作而獲諾貝爾獎的還不計在內），沒有雷恩（Wren）、史葛德（Scott）及吉勃斯（Gibbs）這些巧奪天工的建築家，劍橋也不會有那麼多古意盎然、百看不厭的經典建

築……但是，劍橋是不完全靠這些傑出的大人物的巨掌支撐起來的，它還靠許多有名的及無名的小人物全心全意的貢獻與服務。試想，沒有園丁的修剪，哪能有四季碧綠、美如錦緞的草坪？沒有院僕的敲撞，哪能有長年悠揚、詩意迴蕩的鐘聲？

　　劍橋人對創建者、傑出的校長、院長、堂（劍橋老師的特稱）、偉大的「劍橋之子」，固然會用各種方式來感念與愛戴，而對不算偉大但卻對劍橋有功的人也一樣禮敬不減。二十六年前，一位白蒂小姐，負責大學打字室達半個世紀以上，她兢兢業業，任勞任苦，由少女而老婦，由豆蔻年華而青絲飄霜，劍橋人感謝她的貢獻，使她成為劍城當地第一個獲得榮譽博士學位的女子。十幾年前，一個石匠，他以一生的心血磨刻在學院建築的石頭上，他的青春化作了石雕的片片靈氣，劍橋人感念之餘，也頒發給他同樣的榮譽。去年「高不斯・克利斯蒂」學院為表示對一位老裝書人孟斯先生的辛勞與功績，特在他八十歲生日時，為他在該院著名的派克圖書館開了一個盛大的書展……這些都是充滿人間溫暖與尊嚴

的故事。在這裏，我特別要介紹的，則是劍橋一個平凡但又不平凡的書賈和他的書舖。

劍橋是一個標準的「大學城」，除了大學，劍城就無甚可觀了。劍橋也是一個真正的書城。不錯，劍橋也是花城鳥鄉，但花有不香之日，鳥有不語的季節，唯獨書香則終年不絕。劍橋大小幾十個圖書館且暫時不去說了，單單書店就不能勝算，在「王者廣場」附近，幾乎無街無之，無巷無之。而在這許多書店當中，我最愛去光顧的則是一家叫「台維」（David）的。台維在愛德華小徑中有兩個不起眼兒的店舖，還有則是在劍城市集上與花攤、古物攤、水果攤為鄰的一個小書攤。當我每次「進城」（實則只是穿過大學圖書館，穿過劍河，再穿過一二個古老的學院就到了，步行十分鐘，騎單車則五分鐘而已），我總禁不得在台維的書攤上逛一會，在書舖子裏泡一陣，幾乎每次總可買到一些喜歡的書。有時見到「不期遇而遇到」的好書時，快樂固不在話下，至於「踏破鐵鞋無覓處，得來全不費工夫」突然看到一本心中久想得到的書時，興奮之情尤難言宣。上書舖，特別是去台維，幾乎是我生活中不

可或缺的一部分。妻與孩子把我去書舖比做「打獵」，的確，上書舖就像「打獵」，你不能預先知道會「獵」到什麼，「獵」到多少。最妙的是在台維，夥計多半不知道他們有哪些書，而擺得又不「科學化」，所以你必須自己一書架、一房間地去「獵」，這就增加了「懸疑性」的刺激。其實，在台維獵書比打獵還要有意思，因為台維書多、書雜，它經常有上萬冊以上：有的是古書（七十五年以上），有的是舊書（二手貨），有的是廉價新書（比正常書店至少便宜二三成），你不可能「身入寶山，空手而歸」的。再則，你即使只看不買，一看幾個鐘頭，你也不必擔心有人「冷眼」相向，這在劍橋任何書店都沒有的事，在台維則不必說了。還有，在台維，你經常會遇到熟悉的劍橋「堂」，彼此交換「獵書心得」，也是一樂。在台維久了，認識了二個店舖的掌櫃夥計，一個叫韋伯斯德，一個叫凱鄧。凱鄧君沉默少語，常年口銜煙斗，多半只坐着看他的書。韋伯斯德（Webster）先生已七十多了，一頭稀疏的白髮，但他精神還蠻好的。看他抱着一堆堆的書上樓下樓，氣不喘，腳步一點不蹣跚。日子久了，我們

之間有了淡淡的友誼。在開始時，我埋頭找社會學方面的書，他很和氣地說：「先生，我能幫忙嗎？」等我告知他我要的書後，他歉然說：「我們這裏這方面的書很少，不知在社會學外，先生心中還要哪些特別的書呢？」以後，他知道我不是獨沽社會學一味，知道我對歷史、文學、教育都有興趣，他就會時時幫我留意他認為我會喜歡的書，有時還會把它們擱置一邊，等我去買。假如我看了不要，他也絲毫不以為忤。他這種態度不是對我一人如此，而是對每一個他熟悉了的顧客都如此。不！我應該說他是把顧客當作朋友看待的，講話總是那麼文縐縐的。

一次，我在台維看到一幅陳舊的畫像，一個胖胖的老人，口含雪茄，唇上留了一撇鬍子，掛着一絲善意的微笑，守着一個書攤子。「這是誰？」我問韋伯斯德先生。「他？他就是台維先生呀！我們舖子的創建人呀！」「我怎麼從未見過台維先生，他自己不來這個舖子的？」「噢！他已經去世很久了！我四十年前來此時，他剛去世不久，緣慳一面！」說着，韋伯斯德先生從櫃子後面取出了幾張已經發黃的舊報紙和一本小書。

「先生，你想知道台維先生的話，這本書和這些報紙會給你一些印象的。」報紙上刊登了台維先生去世的消息，以及一些紀念他的文字。那本書，小小的，印得很精緻，一看名是：*David of Cambridge*（《劍橋的台維》），再看出版者，是劍橋大學出版部，我不禁有些訝異。隨手一翻，裏面的執筆者，有一二個是我熟悉的名字，都是劍橋的名「堂」。其中還包括 Q 先生及羅勃斯先生（S. C. Roberts）的悼念文。「Q」是劍大著名的英文教授 Arthur Quiller-Couch 的「筆名」。他寫了《劍橋講演》、《讀書的藝術》等無數的書，是劍橋老輩文士中的魯殿靈光。羅勃斯先生的書我看過好幾本，他負責劍大出版部多年，曾任潘波羅克學院院長、劍大校長（vice chancellor，在劍大，此職雖稱副校長，實際上是校長，校長只是名譽職），他是研究「約翰遜博士」的專家，他的《約翰遜的故事》就是上品小味。由這些執筆者，我立刻意會到台維先生一定有些異於普通書賈的地方。由於我有事在身，一時讀不完，韋伯斯德先生就說：「先生，你帶回去看好了，看完了，還我就是！」

The Market Place, *Cambridge From Within*, 1913

當我看完了《劍橋的台維》之後，我對這個劍橋書賈，油然起敬，覺得這樣的書賈，不能不為之記！劍橋的書香，是靠像台維先生這樣的人播送的，我們如要想建立文化的金殿，也需要像台維先生這樣愛書、敬書，又喜歡把書的尊嚴、書的快樂帶給別人的書賈！

　　葛士德飛‧台維（Gustave David）先生，一八六〇年出生在巴黎。之後，隨父母移居瑞士。當他十幾歲的時候，他父親決心定居英倫，先後在格蘭頓及倫敦經營舊書業。一八九六年，台維有心無心地來到了劍橋。他一見到這個中古的大學城，就深深地愛上了。他便在周圍學院林立的市集上擺了一個書攤，這一擺就擺上了四十年，直到他一九三六年十二月二十日去世的一天為止。

　　從他擺書攤的第一天起，劍橋的堂、學生、市民就慢慢被這個口含雪茄、留了一撇小鬍子、面帶善意的笑容的小書賈吸引住了。劍橋多的是愛書好書的讀書人，而台維對書的品鑒別具慧眼，他更能捉摸劍橋讀書人的胃口，因此他的書攤便成為劍橋文士駐足聚匯之點。漸漸地，他感

到供不應求，就在市集旁邊愛德華教堂的小徑裏開設了二個店舖。這二個店舖，儘管貌不驚人，但一進入小門，便是滿架滿屋的書，立刻成為愛書獵書者的樂園了。四十年裏，不知多少劍橋的著名學人成為台維的店中客，並且成為台維先生的親密書友。其中最膾炙人口的便是他與經濟學大師凱恩斯的莫逆之交。當凱恩斯還是王家學院的大學生時，幾乎無日不去台維買書。不止乎此，凱恩斯還時常幫着拆開台維每週自倫敦拍賣所買回的一箱箱舊書哩！

台維先生之所以成為劍橋師生眷寵的書賈，不止是他店裏書好、書多，更是他對書、對讀書人的態度。他不止愛書，並且對書有一種敬意。人家說他只有在古書與好書堆裏才會有真正的快樂。因為他愛書、敬書，所以他對愛書的讀書人也有愛意敬意。他決不利用讀書人「溺」書、「迷」書的心理「弱點」，而開高價錢。當他物色到一本你苦苦相思的書時，他只抽取蠅頭小利，樂意地交到你手裏。在他，書歸愛書人，便是天機，便是造福。台維在倫敦拍賣所得到了「便宜」，他一定很「便宜」地轉讓給你，而決不會討你的

「便宜」。就因為這種公平、坦蕩蕩、不刮讀書人的荷包的態度，才使他在劍橋贏得了好名聲，也因此，台維的店舖總是門庭若市，川流不息。而台維的書，五花八門，琳琅滿目，真是山陰道上，目不暇給，隨手翻覽，都是益智開眼。劍橋唐巴遜先生說得好：「逛台維是一種博雅教育。」

台維先生的書舖，星期四一律關門，因為星期四是他照例去倫敦拍賣所買書的日子。當天，他坐夜車返劍橋，星期五晚上便在愛德華教堂把買來的整箱的書一一拆開。據說，台維在世時，不論風雨，每天都會出現在市集的那個小書攤上，四十年如一日。總是那一撮鬍子，那一縷嬝嬝的煙，還有那一絲善意的笑容。在一萬五千個日子裏，只是那撮鬍子白了，那一縷嬝嬝的煙依然，那一絲善意的笑容依然！羅斯先生說得不假：「台維已成為劍橋的一部分，像王家學院的禮拜堂一樣，他與劍橋是分不開的。」

在第一次世界大戰期間，學術之燈如風中殘燭，在劍橋，台維先生決心使小小的火光保持不滅。那時，劍城幾乎沒有穿學袍的人在街上了，但他的書攤還是敞着，他的二個店舖還是開着。

他使書顯出了尊嚴。台維先生不是一個有學問的人，他沒有學位，也沒有寫過書，但聖約翰書院的郭羅孚先生在《倫敦時報》上寫着：「台維是影響二十世紀第一年代劍橋人最深刻的少數人之一，他激發了無數人追求知識，他供給了百千人書的快樂！」劍橋的老師宿儒為了表揚他對劍橋的貢獻，由耶穌學院院長葛萊先生、魏勃利先生及「Q」先生等，在三一學院的大食堂舉行了一個盛大的午餐會，以台維先生為上賓。台維先生盛裝前往。當老師宿儒對他大加表揚，為他舉杯時，他感動得説不出話來。但他顯然是快樂的，他把手中的酒一飲而盡，而嘴裏含着的那根雪茄卻動也未動！

台維先生的去世，在劍橋讀書人心中投下了一片哀傷寂寞的影子。羅勃斯先生等為了紀念他，很破例地，以劍大出版部的名義為他出版了《劍橋的台維》！劍橋人是知道如何感念不是偉大但卻對劍橋有功的人的！

我生也晚，沒有親眼看到那一撇鬍子，那一縷裊裊的煙，那一絲善意的笑容。但是，透過《劍橋的台維》，透過韋伯斯德和凱鄧二位掌櫃夥

計，我似乎仍能依稀看到台維先生的風采！

一九三六年，劍橋「堂」「Q」先生在《劍橋評論》的紀念文中說：「願台維建立的書舖，常開劍橋的市集上。那是他個人的，卻又奇怪的是大學的！」

轉眼又是一個四十年了，Q先生的願望沒有落空！「台維」依然開在劍橋的市集上，還是那樣的不起眼，但也還是那樣的有吸引力！不錯，像王家學院的禮拜堂一樣，「台維」與劍橋是不能分開的。

一九七六年三月二日於劍橋

書城飄香

—— 遠懷雲五師

　　劍橋可以用許多不同的詞語來形容、勾勒它的性格。但我覺得最恰當的説法是：它是一個書城。劍橋是一個充滿書香的大學城。

　　英國有許多漂亮的小城。這些小城雖然直接或間接地受到了工業革命的洗禮，但總還保有中古以來那一份寧靜與恬樸。我來劍橋後曾先後去過「聖·愛湖斯」、諾里趣、伊黎、彼德保羅等地，在那裏耽上半日一天的真蠻有味道，妙的是陌生客卻不會感到陌生。每個小城總有些古蹟名勝把你從歷史書中喚醒過來，不過，耽多了些時間，便會恍恍然感到缺少了什麼似的，跟劍橋總覺不同，不是花香，也不是鳥語，甚至也不是鐘聲，這些小城都有。這些小城所欠缺的是劍橋的濃郁的書香，即使在被巴爾扎克譽為僅次於上帝的莎士比亞的故居 —— 史屈特弗，也不無「若有所不足」之感。的確，劍橋令人喜愛的地方太多，但令人陶陶然的還是那份散滿在大街小巷的

書之香。

假如以王家學院門前的王者廣場為中心，在不出四五百碼的方圓裏面，你就可以接觸到幾十個圖書館，一二十家書肆，至少五百萬本的書。這裏不但有被大史家艾克頓（Acton）評為「歐洲唯一好用的」劍大圖書館，還有菲茲威廉博物館的圖書室（音樂藏書最富），劍大出版社的書展部，其他各專門博物館（如考古）與學部（如歷史）的專業圖書館，當然更引人興趣的便是幾十個學院的圖書館了。而其中最有性格、譽滿歐陸的要算三一的雷恩圖書館（單單米爾頓的詩稿就價值連城），「考不斯・克利斯蒂」的派克圖書館（所收古英文撰寫的宗教書稿最稱珍貴），以及麥特蘭的畢丕士（Pepys）圖書館（畢丕士的日記已成為英國文化的寶藏之一）。至於書肆則幾乎無街無之，無巷無之。三一街的「漢弗」規模宏大，分店就有五六家，裝飾尤為華麗。每月都差不多有專人專題的書展，如詩人艾略特的，文士凱卜齡的，畫家康斯坦波的，由手稿到樣本、到成書，一一展出，相當用心機，今年恰是漢弗成立百週年，也算躬逢其盛。基斯學院對街的「鮑

斯‧鮑斯」則店齡更老，成立於一七八一年，再過五年就是二百歲了。辛尼街的「格羅威‧波特」據說也是劍城老書店。這些書肆學術性的書與一般書籍各別陳設，分門別類，一目了然。這些書店自然是劍橋的「堂」（牛、劍老師之專稱）與學生的生命線，也真有吸引力。但對我最有磁性感的還是那幾家古書店和舊書店了。這是絕大多數的城市所沒有的。在三一街的「台頓‧班爾」大約是劍橋書肆中最老的，究竟多老連夥計都弄不清楚，只知道那間屋子至少三百年了，這家書店有四層，每層都排得滿滿的，看來珍本書收藏不少。它對門的「金品」則是新起之秀，也有上萬的舊古書。一間直叫「書室」的則靜靜地躲在三一街旁邊的小巷子二樓樓上，而那間直叫「書舖」的則坐落在麥特蘭學院的對街，再有的便是我最鐘意的「台維」了。台維有二個書舖，一個書攤。書舖在愛德華教堂幽暗的小徑裏，書攤則擺在別有風味的劍城市集上。此外，劍城還有二個市立圖書館，一個大人的，一個小孩的。去年年底剛剛搬了新址。新址不在別處，正在劍城中心的「獅庭」樓上。「獅庭」的建立是劍城都市重

建計劃的一個部分，主要是為劍城提供一最現代化的商場。劍城人口不逾十萬，但遊客及附近小城每日來劍城購物的流動人口不少。原初，劍城本想建立類似美國郊區的那種大商場，但這個計劃被劍大一口否決掉了。劍橋的「堂」決不容劍橋重蹈牛津的「覆轍」，讓工商業破壞了大學城的情調，結果，「獅庭」的設備雖然新，但它的相貌卻仍然帶有古趣，而它的二樓則規定闢作圖書館之用。劍橋就是這樣的小城，書、書，到處是書。難怪在劍橋開設「北京餐館」的政大同窗毛勤昌兄說：「來這裏用餐的人，都有些書卷氣！」當然，勤昌兄自己就是一有書卷氣的老闆。他的餐館也像「台維」等書店一樣成為劍橋最吸引人的去處了。

英國這個老大帝國，現在已是七零八落，目前國內政治經濟問題重重，在世界權力政治中看來她是最多做一個小國家的最偉大國家了。不過，這個在政治上日薄崦嵫的國家，在文化上卻仍然大有可觀。這倒不是說因她出過莎士比亞、米爾頓、牛頓、凱恩斯這些文化上的巨子，而是說她一般國民文化的水準。一個國家的「發

展」的程度實非決之於單面向的經濟力量。國民生產總值或國民所得都是有用的指標，但文化之發展與否還得看這個國家「生產」了什麼？國民所得又是怎樣分配，怎樣「消費」的。我想，衡量國家文化的發展程度其中一個很有用的指標應是書。我們應該問一個國家究竟一年內出版多少書？有多少人買書，看書？等等。英國只有六千萬人口，每年出書竟達三萬種。一年售書高至二億鎊，其中一半是輸出的。講英國出版事業，牛津、劍橋自有最古老之傳統，而 Longman，John Murray，William Collins，Macmillan 也都已有一二百年以上歷史。艾略特主持的 Faber & Faber 固有它特殊之風格，而 J. M. Dent 出版的人人圖書叢書尤享盛名。一九三五年蘭恩（Allen Lane）之創發「企鵝」版則是讀書界的大革命，他之出版企鵝的平裝書，是要大量推動書的平民化，十支香煙錢一本，誰再能說買不起書？劍橋大學剛初現的十三世紀，在喬叟的時代，六七本書的價錢大約就是一般老百姓在城裏一幢房屋的所值。看來當時，書中不必有「顏如玉」，但書中卻是有「黃金屋」的了。那時，私人很少有書，只有大學

有。卡萊爾就說，當時「真正的大學只是書的聚藏所」。現在書是便宜了，普及了，企鵝年銷三千萬冊，而麥米倫的 Pan Book 也年銷二千五百萬冊，柯林斯的 Fontana 稍差，也達二千萬冊。英人在西方工業國中雖窮（遠窮過美國、德國，比法國也不如），但一年買書也達一億鎊之巨。英人買書已不算闊氣，但借書卻真勤快，平均每個到達讀書齡的英人每年借書讀書在十二本以上。英國給人看不順眼的地方很多，但她的文化氣息實在值得欣賞。

劍橋是書城，比一般英國的市鎮文化氣息濃許多。的確，你不止在圖書館可以看到傅斯年式的「上窮碧落下黃泉，動手動腳找東西」的那種嚴肅的執着的讀書人；也可以在劍河垂柳下，格蘭斯德草野上看到林語堂式的一邊看浮雲流水，一邊抽板煙閱書那種飄逸不泥的讀書人。當然，在書店裏，你更可以看到各式各樣的讀書人。劍橋愛書的人真多，三一學院的大史家麥考萊就是嗜書如命的人，他說：「書是我的一切，醒着的時候，我眼前不能沒有書。」在麥考萊之前，在麥考萊之後，劍橋多的是麥考萊這樣的書癡。前

些日子，在劍城舉辦了一個全英的古書展覽，共有三十四家參加。劍橋愛書、癡書的人自都不會錯過這個二年一度的機會，濟濟一堂，極一時之盛。這裏沒有釵光鬢影，也沒有絲竹之音，但看到那些白髮紅顏摩挲古卷、拈「書」微笑的癡樣也自有一番情趣。

我喜歡逛書店，尤喜歡逛古書及舊書店，逛新書店多半為了「職業」，留意自己一行出了些什麼新書，逛古書及舊書店則多半為了「興趣」，沒有目的，只是隨意看看，隨意翻翻。有些老書實在可愛，單看書的裝飾已經心動，我最鐘意的是艾克曼（R. Ackermann）一八一五年出版的二大冊《劍橋史》。這部書的精華是它六十四幅劍橋的插畫：它們是 Pugin、Mackenzie 及 Westall 三人的彩筆，這些畫把這個中古大學的建築、景色最細緻而傳神地表現出來，劍橋的典雅不止在落墨處顯出，還在他們的筆外流動。真是妙到毫巔。無怪此書一出，即成收藏家的獵物，現在此書的標價是一千八百鎊。我當然只是欣賞欣賞罷了。但我覺得它實在不貴；試問一輛勞斯萊斯的價格又幾何？很幸運的，台維書店的韋伯斯德老夥計

找到了一本一九五一年金牌企鵝（King Penguin）版的《艾克曼的劍橋》給我，這是百年前原版的「迷你本」，雖然畫少了些，也小了許多，但還有原版的韻味。

我喜歡逛舊書店，不止是因為常可遇到便宜的但卻喜歡的書，更是由於老書多半是經得起時間歷煉的好書。新書店有點像時裝店，把最新出爐、最時髦的放在最搶眼的地方。許多新書常像一股風，風來了，激起一池漣漪；風走了，無影無蹤。古書舖則像古物店，它們不是時髦品，但卻是沒有被時風時雨淘洗掉的東西，事實上，它們是征服了時間的風雨的書。文章千古事，只有經過了一百年而仍然力透塵灰發光的書才是書中之鑽，書中的「大人」，也就是「古典」。「古典」是人文世界裏的金廟，廟有大小，但卻都發金光，都值得後人一訪再訪！

劍橋的一磚、一石、一棵老樹、一座古庭，都可使你涵泳悠遊，而劍橋的書，劍橋的書店、圖書館則更使你樂而忘倦。講到書，講到書店、圖書館，不由我不憶起遠在萬里外的愛書人岫廬師王雲五先生，不由我不憶起他在新生南路那間

擺滿線裝書、洋裝書的「書城」，不由我不憶起那個有特殊意義的「雲五圖書館」。岫廬師一生與書為伴，他性喜讀書、聚書，並不斷寫書，他更是二十世紀一位偉大的出版家。（最吝嗇篇幅的《紐約時報》，曾用整半版的篇幅來介紹推崇商務印書館的雲五先生，又豈是偶然的？）在書堆裏，他有如魚得水的輕快，而如何把書最快最多量地傳到讀者手中則是他最大的快樂。一九六四年，岫師飄然自政壇退休，立即一襲灰袍，像返「家」那麼自然地踏入闊別多年的商務印書館，那個「家」當時已殘舊不堪，我至今日猶記得他踏入三樓編輯室書架搖晃、地板吱呀作響的聲音。但不數年，他又再一度把商務復興起來了。商務又開始賺錢，又源源出書了。四年前，我得悉岫師有意成立一個圖書館，不但要捐出他所藏的幾萬冊珍貴藏書，還捐了一百萬元，他說：「我做公務員下來兩袖清風，做生意倒積下了不少錢，這些血汗錢不須傳給子孫，他們各有自己的事業，不需要我的錢，我希望你們在我百年之後，把我的藏書利用我的這點錢成立一個圖書館，達成我畢生為學術文化出版奮鬥貢獻的宿願。」（轉引

陳寬強學長文）這番話，是何等襟懷！一九七二年七月，「雲五圖書館」就成立了。前年夏天返台時，我曾去探訪多年不見的岫師，還送了些書到他家對面的「雲五圖書館」。書能擺在「雲五圖書館」是書的福氣。後來我知道，永久的「雲五圖書館」還未建造。岫師曾公開他的意思，即在他身後（他從不忌諱談死）要將現住的木屋，翻造成一座四層樓的大廈，作為「雲五圖書館」的永久館址。我不懂建築，也未見到那座永久的「雲五圖書館」的圖樣，但我確信，這將成為一個偉大讀書人的見證。我更相信它會像劍橋的「雷恩」、「派克」，及「畢丕士」圖書館那樣的永恆，那樣的有性格。有一點，我衷心希望，就是百年後翻建大廈時，千祈把岫師目前用着的「書城」，儘量保持原樣。那是雲五先生南移來台二十餘年來的書房和起居室。那個「書城」不但雲老自己享有鳶飛魚躍的快樂，也是雲老給他的朋友與學生智慧、勇氣與溫暖的地方。那不是一個普通的「書城」，是很特別的，它應永遠保有那種特別的樣子：那環室滿架高及房頂的書和雜誌，那一張簡簡單單的床，那掛得濃疏有致的書畫，更有那

一張潔亮如洗的書桌，那桌上的筆筒、硯台，那永遠新撰未乾的文稿……

在陣陣書香的劍橋街頭，閉上眼，我就看見新生南路那間常年飄香的「書城」裏的老書仙。是的，岫廬師是老了，他在飯桌上連用箸揀菜都不能了，但奇怪的是，在「書城」裏他還能揮灑自如地寫字。前幾天收到他老人家五頁的長函。龍飛鳳舞，哪像是快近九十的老人？在「書城」裏，雲老不老！

一九七六年四月三日於劍橋

劍橋書店一角

是那片古趣的聯想？

剑城的冬天真不好受，冰風冷雨，在浩闊無邊的劍橋平野上，像一千匹野馬呼嘯而過，暴虐裏還帶些輕狂，古城的大街小巷，由寧靜而變得冷寂了，偶爾看到二三行人，也都似灰暗中晃動的影子。學院把幾個世紀的厚重的大門關得緊緊的，如一座座寺院。

劍橋的「堂」說：「這裏冬天的氣候是不頂令人合意的。」這是他們典型的「低姿態」的談話藝術。討厭得要死，卻說「不頂令人合意」。王家學院的波羅克（R. Brooke）有「劍人鮮矣笑」的詩句。這我倒不覺得，但在秋光漸老之後，劍橋人的笑容就確很吝嗇了。

對劍橋的冬天的原諒是在她一月的大雪之後。當妻與我倚憑在克萊亞橋雪欄上的剎那，我們把對隆冬的積怨一筆勾銷。沒有冬寒，哪能有這樣的雪景？在滿天飛絮的 Backs（劍大七八個古老學院的後園），是一片皓皓然的潔白，一個學院連着一個學院，一片白接着另一片白。原來

不敢想像還有比綠玉的綠更美的草坪，此刻卻發現白雪之白更冷豔夐絕！還有那一排排的枯樹，那一座座孤冷的橋影，那冰河上不出聲的一群群有點像鴛鴦的鴨子……這樣冷豔的美是應該付出代價來欣賞的。而在難得一現的陽光下，殘而未凋的柳絲更映射出千萬條熠熠的金黃。那金黃似髮，那雪白如膚……不錯，梅柯克沒有說假，「未見劍橋的雪景，沒有人可說他看盡了劍橋的美」！有人喜歡劍橋的春，有人喜歡她的秋，也有人更鐘意她的夏，但在初雪驚豔之後，不能不說劍橋是屬於四季的。

「三月風，四月雨，五月春暖花盛開。」當地有人這麼說。三月未盡，劍橋的早春就在風雨中翩翩然來臨。風在樹梢，風在河上，風在劍橋老師的袍袖，風在劍橋少女的裙裾，風不再冰凍，而只是一股涼意的流動。寒冬之後，誰又能不愛歡躍的春風？我記起歌德的「古典的美麗的死」。這位詩哲在臨終的床前索筆，要寫的便是歌頌大地在春風中的初醒！

劍橋的早春主色是綠的。那是新綠，是在嚴冬的灰色中掙扎出來的綠，在雪地的白色中冒

露出來的綠。在綠的邀約下劍橋的古老學院這時徐徐地脫卸了寺院的灰寂，至於那條被柯立基（Coleridge）讚為「美麗的小溪」，徐志摩譽為「劍橋靈性所在」的劍河，這時早劃破了冰封，載一船船少年男女的歡笑。劍河美則美矣，靈則靈矣，但她的美，她的靈也真虧垂柳青青，橋影扶疏和兩岸一座座教堂、圖書館、方庭的伴襯。説真的，劍河是一條最幸福的小河！她兩岸不止有賞不盡的自然美景，更有看不盡的歷史文物。兩岸的風光不是「點」的美，「線」的美，而是「面」的美。英倫七個世紀的文化都一一陳列在此，五百里的景物皆卷藏在這幾里的方圓。在三四月交接的辰光，克萊亞學院小徑上的滿地藍蕊，聖約翰學院溪邊的黃色水仙，不等春暖就搶着綻放了，我不知那藍蕊的名稱，但那種藍使我想起日月潭潭心的湖藍，而那水仙的黃，則更應是陶淵明東籬下的菊黃了。唯早春的麗色，還數三一學院古樹兩旁的花徑最絕。在五碼闊、二百碼長的花徑裏，萬萬千千的「番紅花」，白色的、橘黃的、紫色的，雜色繽紛，無規律，又似有規律，像一匹展開的華貴的錦緞，但錦緞沒有這樣

魅力，是人工的，但人工怎能有如此天趣？真的，像一位愛花人所說，這景色：「一見難忘，未見的，無由想像！」

　　劍橋的教育，最有作用的恐不在「言」教（它也不見得好過其他一流學府），導修制是在言教之外還有「身」教，向被視為劍橋的特色。這點是真，但也不可太過誇張，依我想，劍橋的「心」教也許才是真正的精華。心教是每個人對景物的孤寂中的晤對，是每個人對永恆的剎那間的捕捉。劍橋的偉大之子，不論是大詩人或大科學家，對宇宙人生都有那種晤對與捕捉。劍橋的教育家似乎特別重視一景一物的營造，在他們看來，教室、實驗室固是教育的場所，但一石之擺置，一花的鋪展，也都與「悟道」有關。在根本上，劍橋人相信人的真正成長必須來自自我的心靈的躍越。劍橋的教育，不像西洋油畫，畫得滿滿的，反倒像中國的文人畫：有有筆之筆，有無筆之筆。真正的趣致，還在那片空白。空白可以詠詩，可以飛墨，可以任想像馳遊，當然也可以就是一片無意義的白。劍橋不把三年的課程填得滿滿的，一年三學期，每學期只有九個星期，它

是要學生有足夠的時間去想，去涵泳，去自我尋覓。不錯，有些紈袴子弟三年下來可以是真正一片空白，但也真有人把那片空白填上百口傳誦的詩篇或開啟自然之秘的新鑰。在劍橋耽上一千零九十五天的莘莘學子，面對無盡景物，能夠終年不思不想？畢玊士圖書館下的一縷月色，能不叫人沉思？牛頓居處窗外的蘋果樹，能不令人駐足凝視？而王家學院禮拜堂百千枝燭光中的唱詩，縱使你不信教，又何能了無心動？至於萬紫千紅的劍橋後園，若非木頭石腦，也不能不識得是東風面了？

來劍橋已八個多月，但始終沒有好好到大學以外的劍城看看。一個早春的日子，人類學者華德英女士來邀喝下午茶，並主張先「遊車河」（坐汽車看風景也，她會說很好的廣東話），我們自是「欣然同意」。劍橋除了劍大，她的規模與格調跟別的英國小城很相近。英國小城我曾去過幾個，都蠻有味，但早春的小城風光卻是來英後第一次會見。一路上，所見的盡是新醒的綠，初綻的花。有的是一街的棗紅（很像櫻花，但櫻花要再過幾星期才開），有的是一巷的杏白，更多是

一園園的水仙。而我最喜歡的則是街街巷巷的佛塞西雅（連翹），黃得漂亮極了，黃的從樹根到枝頭，是徹上徹下嫵媚的黃，原來它們還是愛花的英人從中國西南一帶移植過來的，這使我對佛塞西雅除了感到美麗外，更增一分異域遇鄉人的親切與驚喜。

劍城的房屋、店舖，都是清淡的、古樸的，都是經過歷史的風雨浸染的那種色調，這裏沒有高樓、沒有巨廈、沒有大煙囪。古舊，但不殘破，而夾在棗紅、杏白裏則更顯出一片春意中的典莊。它給你一種感覺，一種不陌生的感覺，一種「曾經來過」的感覺。「曾經來過？」是的，我確有些面熟，但我已記不起在哪裏見過了。是杜工部詩中的錦官？是太白詩中的金陵？抑是王維樂府中的渭城？有些像，但又不像！但我何來這樣的感覺？是佛塞西雅的聯想？還是因劍城的那片古趣？

一九七六年四月早春於劍橋

劍橋的三一
—— 記一間偉大的學院

　　劍橋有三十間學院。這三十個「獨立王國」，不，現在應該說是「共和國」了，各有各的風致和性格，很難說哪個最美麗，但講聲譽之隆，成就之高，則恐不能不數三一（Trinity College）！

　　每次經過三一街，總禁不得走進三一高聳凝厚的「偉大之門」（Great Gate），靜靜地佇看那被譽為歐洲的「偉大方庭」（Great Court）。說它偉大，真不算過分。它足足有二英畝見方，從庭的這頭看那頭，披着學袍的老「堂」使你想起畫片中都鐸王朝時代的矮小的一團黑影。環繞四周的是禮拜堂、院長起居室、一排排院士與學生的廂房。間錯在像棋子排列的石子路間，是六片大草坪，使周圍的古銅色的建築在綠色的映照中顯出生意。庭中央是一座文藝復興式六角形的噴泉，淙淙的水聲，便是萬古冷寂的方庭裏唯一長伴的音樂了。

　　三一的禮拜堂在方庭的右側，由瑪麗皇后起

建，在伊麗莎白皇后手中完成。它或許比不上王家學院禮拜堂金碧輝煌，但一進門便是六尊栩栩若生的巨大石像。他們不是別人，他們是三一之子，培根、牛頓、巴羅、麥考萊、魏懷爾和丁尼生。唯一站着的是被潘奈德主教稱為具有「最潔白的靈魂」的牛頓，牛頓是三一最寵愛的兒子。走出教堂，在大門的右首 C 號梯樓上，便是這個「最潔白的靈魂」的居所（從一六七九到一六九六共住了十七年）。這個 C 號梯樓上「英靈」真多，麥考萊和薩克雷不是在樓上就是在樓底，對人類學有興趣的，一定還會高興知道佛萊撒（J. G.

Trinity College Chapel, Trinity College, Cambridge

Fraser）也曾住過此地。

　　踱過「偉大方庭」，步上石階，穿越所謂「幕屏」（screens，實際是屋裏的小走廊，左邊是院長休息室、大廚房，右邊則是大食堂），便到了另一個著名的尼維爾庭（Nevile Court）了。三一是亨利八世所創，但為三一建立宏規巨模的是湯麥斯・尼維爾（一五九三至一六一五年為院長）。假如不是他的堅持和傾囊斥資，「偉大方庭」就不會那麼「偉大」，它也就要比氣派萬千的牛津的基督學院的湯姆方庭（Tom Quad）略輸一籌了。尼維爾庭是長方形的，二邊是巨柱林立的迴廊，中央是一巨片與藍天相照的綠茵，踱步於迴廊之間，履聲各各，心馳神遊，幾個世紀的時間都似在此凝結住了。假如你是拜倫的知己，你便可在迴廊的一個梯樓上尋探他的遺跡。是的，在二個方庭的梯樓間，真不知居息了多少英靈，科學家、歷史學家、政治家、詩人、文士……他們不是曾在此如蜂採蜜，便是曾在此如蠶吐絲。

　　在尼維爾庭的盡頭，即是巨柱架空有希臘情調的雷恩圖書館（Wren Library）。它是數學家巴羅任院長時請建築界巨子雷恩設計的。德人

翁法巴哈（Uffenbach）在一七一〇年訪遊劍橋時，對劍橋整個印象相當失望（劍橋，特別是劍城，大約要到十八世紀中葉以後才變得真正美麗的），但對這個圖書館的美麗也禁不住讚美。一進入雷恩圖書館最先進入眼簾的是二排幾十尊的半身石雕，西方偉大思想家從蘇格拉底起好像都被邀請來此聚會了，不過，最傳神的還是盧畢立加（Roubiliac）為劍橋名士所作的一系列雕像。而 Thorvaldsen 的拜倫全身像則挺立在最搶眼的地方，那瀟灑的神態可以想見他生前的浪漫，也許這位詩人最受到寵愛的除在希臘（他為希臘之自由而戰死，享年三十六）之外便在他的母校了。當然，雷恩圖書館最珍貴的要算米爾頓、丁尼生和薩克雷的手稿了，最令我驚訝的是羅素的書稿的字跡竟是那樣的娟秀工整，其「人」其「字」似乎搭不上線也。當然，講書法我總以中國的最美，最見性格。王羲之自是王羲之，米襄陽自是米襄陽，顏魯公自是顏魯公。看到那天馬行空、筆底起風雷的便知是于右老，而竹葉弄影、逸氣飄灑的便知是溥心畬了！

走出尼維爾庭，便是著名的劍橋後園，在春

風裏，這裏是徹上徹下的綠的搖動。綠的水、綠的草、綠的樹。在濃的綠，淡的綠裏，水仙才黃得耀眼，鬱金香才紅得奪目。劍橋後園的景色是自然的，也是人文的，每一幕景色都那樣脫俗而有天趣，但每一棵小草，每一棵老樹，莫不經過人工的經營，而小橋、流水、垂柳、鐘聲及一行行的菩提樹都已在丁尼生、柯立基、華茲華斯、徐志摩的詩句裏永恆了。三一還有好幾個「方庭」，還有好幾重富歷史性的「大門」，還有「院士花園」，還有數不清楚的東西，想是除了三一的「歷史家」之外，誰也說不清楚。

三一是亨利八世在一五四六年創立的，但她不是平地建起的，而是併合了中古以來已經存在的二個古老的學院而擴大的。那二個古老學院，一個叫王家學堂（King's Hall），原創於一三三六年，一個叫邁柯學堂（Michaelhouse），誕生於一三二三年。所以三一確實象徵了從中古到現代的學院。她有中古的根源，卻已站在「現代」的起端。亨利八世雖是「三一之父」（三一的學生被稱為「王之子」The King's Child），但實際上真正有恩於三一的是亨利八世的第六位，也是

最後一位皇后，伽薩琳珀（Katherine Parr）。在一五四六年，不要說亨利無建立三一的偉想雄心，當時整個牛津、劍橋的學院都面臨解體的危機。一五四四年巴力門通過一法案，英王可以解散任何學院，且沒收其財產。一點不誇張，牛、劍的剛剛生根的學院似乎已註定要隨寺院而遭瓦解的命運。那時候，朝中不少貪婪的大臣，饞涎欲滴，無不想在此分一杯羹，氣急敗壞地想慫恿亨利八世趕快下手。在這千鈞一髮之際，伽薩琳珀在幾位劍橋的教授開說下，鳳眼雪亮，不但敦促她丈夫免除屠宰牛、劍學院，還說服亨利在劍橋建一間比劍橋的王家學院、牛津的基督學院規模更大的學院。亨利八世雖然已風燭殘年，但還算有一「見」之明；接受了伽薩琳珀的「慧」見，就這樣歐洲最大的學院呱呱墜地。所以，飲水思源，伽薩琳珀更應是「三一之母」。而亨利八世對劍橋來說，他殺劍橋的偉大校長費雪是一大過，他創劍橋最大的學院則是一大功。他的像就刻在三一的「偉大之門」上。我想，亨利八世除了莎士比亞的史劇中讓他不朽外，他留在人間最光榮的紀念物便是三一了。三一創立之時就是氣

勢不凡，一開始就設了五十個院士的位置，可算
是財厚勢大。到今天為止，她一直是牛津、劍橋
六十四個學院中最富有的學院。最近《泰晤士報》
有一篇專文報導二間大學的財富，說三一在英國
「私人產業」中，僅次於英王及英國教會。但劍
橋、牛津各學院都是「財不露白」，而「院」門
深似海，誰又能弄個一清二楚。在舉世大學都在
鬧窮的時刻（牛、劍毫不例外），三一卻是例外
之例外。三一在劍橋三十個學院中，論院齡，自
非最老。她在成立之初，幾乎是隔鄰聖約翰學院
的「殖民地」，第一位院長雷德門固是聖約翰人，
即使院士、學術風氣都從聖約翰搬來，直到尼維
爾任院長時，三一才得與聖約翰並轡爭先。但在
過去四百三十年中，三一在劍橋眾多學院之中，
始終光華四射，穩執學術之牛耳。世謂牛津多產
「運動」（movement），劍橋多出「偉人」。而劍
橋的偉人則近三分之一係出三一，披覽格萊芬豪
弗（C. G. Griffinhoofe）《劍橋名士》一書，不能
不訝異劍橋所出人才之眾，尤不能不驚嘆三一之
子的人才濟濟。大科學家、大詩人固無論矣，史
學家、經典學者亦不在話下，即使劍橋向來不太

重視的政治家，三一也不讓牛津的貝里奧學院基督學院佔先（牛津出產的政治家確如過江之鯽），她也培養了七個首相（一個竟是印度尼赫魯），同時還教育了二個英王（愛德華七世與喬治六世）。去歲我初來劍橋的次日，查理王子乘了直升機來劍大領取碩士學位，他讀的就是三一。

自十六世紀以來，不算太誇大地說，三一的歷史幾乎就是劍橋的歷史。學院式的劍橋（Collegiate Cambridge）的性格與三一有密切的關係。「統治」劍橋三百年的「伊麗莎白規程」（一五七〇年訂立），即是三一院長魏給佛（Whigift）的構思。這個規程型塑了劍橋「統理」的方式。學院猶如「獨立王國」，院長既「統」且「治」，他不止是學院的統理者，還與其他院長「共」治大學。在教學上除大學之外，學院自己也開堂授課，而「導師制」也自此建立。在今日討論劍橋的人士眼中，「伊麗莎白規程」，有它的貢獻，也有它的缺失。它奠定了「學院式劍橋」的基模，不算無功，而「導師制」尤多可稱述。但由於學院成為「獨立王國」，自主教學，破壞了中古以來劍橋大學的型格，致使後來教學

荒散，水準參差，而各院大門緊閉，竟讓英國的工業革命通過學院的大門而不入，成為劍橋學術史上很沒有面子的事。至於院長權力過大，則不能不發生三一的艾克頓爵士所說「權力傾向腐化，絕對的權力絕對的腐化」的現象。此在三一本身，即使偉大的經典學者如班得來者，在他幾十年院長任內也濫權無度，搞得劍橋訟爭連連，無有寧日。「伊麗莎白規程」到了一八六〇年才受到正式的挑戰，由於劍橋學院問題重重，引起了「國會」的注意，專設皇家委員會加以調查，提出種種改革建議，劍橋因此開始發生巨大的變化。院長「獨」治，變成與院士「共」治，亦可說他跟英王一樣只「統」而不「治」了。也因此，三一與其他學院一樣，由「王國」，而成為「共和國」矣。

三一的歷史代表性地反映了劍橋的歷史，她與整個劍橋的榮枯息息相關。十八世紀，三一像其他學院一樣，都在昏睡，風紀敗壞，貪污無能，用人唯親，院士不開課者有之，日飲三瓶爛醉如泥者有之，暗中養「黑市夫人」者亦有之（當時院士不得結婚），而學生多半渾渾噩噩，鬥

雞、騎射、醉酒、泡咖啡室的興致高，雞鳴而起寒窗苦讀的則鳳毛麟角。詩人格雷對當時學生們的敗德劣行的抱怨看來不是主觀的幻想。最糟的是這時學院變得階級森嚴，人際的關係因地位、身份而截然劃分。目前尚未絕跡的劍橋（牛津也不例外）著名的那種「冷漠不屑」的勢利眼氣味，說不定就是那個時期的產物？到了十九世紀中葉，劍橋開始復興，而一個新三一也在復興浪潮中出現。她不但如前所述在「治理」的形式上有了大改革，在社會風氣上也日漸民主化，同時在學術上更出現了一種新氣象。艾克頓與梅特蘭（Maitland）的史學成就，上承麥考萊，下開狄凡凌（Trevelyan），儼然為劍橋史學之中心。福斯脫（M. Foster）的生理學研究更影響劍橋生理學的教學。至於二十世紀在世界產生新哲學運動的幾位劍橋巨子，懷海德、摩爾、羅素、維特根斯坦也都是三一之子。最值得稱述的還是劍橋最寵愛的二種人——詩人與科學家——在三一的學園裏也是花開並蒂，最為茂盛。霍勃特（G. Herbert）、柯萊（A. Cowley）、屈賴頓（J. Dryden）、拜倫與丁尼生都是三一詩園中的佼佼者。至於科學

家，更是屈指難數。世人或以為劍橋的榮光只屬過去，此則不知劍橋，更不知三一之言了。培根、牛頓固已遠去三百年，但三一在科學上的成就到二十世紀才真正花綻果落。自一九○四年到一九七四年，三一就擁有二十二個諾貝爾獎得主。其中二十個是科學的（物理學十個、化學四個、醫學六個），而一九七三與一九七四年的物理學獎得主都落在三一。難怪現任院長白德勒爵士很得意地指出，這個數目可比整個法國、比意大利全國多出四倍，而他的前任老院長諾貝爾獎得主奧屈凌（E. D. Adrian）也說：「我們不應吹噓，但我想我們或者可以這麼說，這在三一以外的任何一個學院來說，都恐是一項驚人的成就吧。」不錯，在牛頓的母院裏，得諾貝爾獎是「不應吹噓」的，在三一的「偉大方庭」裏，任何大牌學者都只是一個小小的影子。

講到三一的科學，我們就要指出，三一雖大，雖富，但她也無法獨力負荷現代科學龐大貴重的設備。早期她曾想獨力斥資設立實驗室，但後來發現這是不切實際的，因此，自十九世紀中葉以來，採取了皇家委員會的建議，科學教育一

切由大學統籌辦理，而三一的院士與學生則統通到大學的開溫第士實驗室、化學實驗室、醫學研究所等去工作了。這到了一九二六年新法案以後，三一像其他學院一樣已經與大學結為一體，跟「伊麗莎白規程」以來「學院」與「大學」分成兩橛者迥然不同了。但是，這並不是說「學院式劍橋」已經變為陳跡，大不為然，劍橋還是有一個個如「共和國」的學院，只是這些共和國與大學更凝成有機的聯邦大學了。現在大學負擔起最龐大的教學重任，經費都來自政府，而學院則按照其財力的厚薄每年向大學「捐納」一定的經費，而富有的學院還規定需輔助貧窮的學院。不消說，向大學捐納最多的是三一，輔助其他貧窮的姊妹學院最厚的也是三一。三一在這方面都樂而為之，優而為之，很表現了「大」院的風度。

二十世紀的劍橋學院之間，已出現更多的合作精神，前幾年，三一還與幾百年的「對頭」聖約翰學院攜手創辦了達爾文學院哩！三一由於富有，所以她較其他學院更能發揮學院的獨特功能，別的且不說，只有她目前可以擁有一百二十位院士，也因此可以請到足夠的不同學科的飽學

之士，來指導自己的學生！無須像其他小學院必須調兵遣將，或借助其他學院的教師，或將自己的子弟委請他院專才指導。同時，她還可以設立克拉克、伯璧克、李士諾及戴納等講座，輪流邀請世界各地的學人來三一講學。所以，二十世紀的劍橋，在劃一的教學制度下，還保有學院各別的性格，異中有同，劍橋才有整體的進步；同中有異，劍橋才不會缺少多樣性的創發。

三一在劍橋的大學院中，講性格，講風氣，恐怕是屬於「保守」或「很保守」的一類；反之，王家學院、邱吉爾學院則算是「變革派」的。但保守卻不等於頑固，保守的真義乃在其有所保，有所守，保其所應保，守其所應守，並非指一成不變也。實則，保守與變革是相應的，不知變即不能保，不知革亦不能守。三一在過去四百多年中，雖然一直對歷史的傳統採取一維護唯恐不力的態度，但在任何一個年代中，總有新的聲音，總有改革的措施。原來連女士進高腳杌吃飯都認為不可思議的事，但三一的賽吉維克在百年前就大力為紐南女子學院的催生而努力，而自一九七五年起，婦女也可以入選為院士了，再過

二年，這清一色的和尚學院也要追隨王家學院、克萊亞學院之後準備接受女生了。三一在學術上常開風氣之先，但在制度和習俗上，確是不願為天下先。她總是慢吞吞的不慌不忙，她好古，喜愛傳統，也寧願每年花二三十萬鎊修葺她古老的屋宇，而不會喜歡去建造一座現代的新建築。英人對傳統的儀式總是那麼樂之不疲，而三一則更是儀式主義勤謹的奉行者，最能象徵這種心態的恐怕是下面的事實了：

一九一八年當諾貝爾獎得主湯姆遜爵士就任三一院長的那一天，三一的「偉大之門」是關得深緊的。身穿學袍的湯姆遜莊嚴地用鐵環使力在大門上敲叩。整條三一街都可聽到那清脆的聲音，門房應聲，呀然開門，有禮貌但很正經地問來客尊姓大名，所為何事？湯姆遜說明來意，把英王的任命書交他手裏。門房即請他稍候，隨即又把大門蓬然關上，並疾行過「偉大方庭」，到院士休息室把證書呈交資深院士。院士們煞有介事地驗明證書無誤後，隨即依資歷深淺，魚貫而

出，列隊在大門迎迓新院長。

　　這是三一的傳統，是三一的大禮。也是三一的一幕好戲。這幕戲已演了幾個世紀了。湯姆遜是許多演員中的一角。你說：「裝腔作勢，何必演戲呢？」是的，有人覺得有些迂，多此一舉。但三一人會說：人生又何非是戲？歷史又何嘗非戲？

　　　　　　　　一九七五年五月十五日於劍橋

Trinity Hall, Cambridge

劍 橋 語 絲

一間中古大學的成長

——談劍橋的「變」與「守」

　　仰臥在軟綿綿的劍河草坪上，天際的浮雲，在濃疏有致的柳枝間，片片飄過，你會覺得這是天地間唯一的流動，而耳際傳來船上輕盈笑語與枝頭細碎鳥聲，便是人間僅有的音響了。劍橋的名字就是寧靜，她遺世獨立，好像不食人間的煙火味！

　　但是，劍橋不是一直都是那樣寧靜的，在一座座古老的學院的裏面，埋葬了無數兵火的灰燼，無數禍亂的遺跡。七百年來，劍橋與英國宗教的、政治的與思想的論爭息息相關。這個今天看來天清地寧的小城，曾不知經歷了多少的風風雨雨。劍橋像一座歷史的迴廊，稍一徘徊，便把你帶入幾個世紀的古老中去。她給你思古的幽情，也讓你發現她所走的道路中的荊棘。劍橋從歷史中來，她的性格也必須在歷史中去追尋。

　　劍橋與牛津，跟法國的巴黎大學、意大利的勃隆那大學一樣，都是在十一世紀到十三世紀間

出現的中古時代的學府。劍大的確切誕辰是一個謎，但在十三世紀的初葉她確已有跡可考。早在一二三一年她已獲得英王亨利三世所給的特權法案，而一三一八年羅馬教皇約翰二十二世則正式承認了劍橋的大學身份。大學（universitas）是指人之結合，跟一般的基爾特性格類似。此後，大學特別叫 universitas scholarium，則是指一群學人的組合。中古是宗教的世界，大學自不能免脫宗教的色彩。提起中古，一般人心目中立刻浮起「黑暗」的印象，實則，它在黑暗中也有光亮。中古的大學就是一盞盞的學燈。中古大學最有意義的便是它的「世界精神」。一個被大學承認的教師，就可以遊方天下，在世界任何角落的大學執教和受到禮遇。當然，這個世界是西方的上帝世界，而它的「世界精神」的凝合體便是「宗教」，它的共同語言是「拉丁」。

劍橋自她誕生，一直到一八七一年廢除宗教試為止，可以說與宗教結下不解之緣。在二十世紀七十年代的劍橋，我們在街上，在庭院所看到的學袍就是「和尚」的「道」服演變而來；而學院共宿同餐的制度，也可溯源到中古寺院的習

俗。至於不久前院士空房獨守，不許結婚，自然更是清規冷戒的遺物了。說到劍橋與宗教的關係，真是講不盡，也不易弄清楚。但我們知道她不止由教皇給予了「出生證」，還受到教會的「哺育」。中古的劍大，教皇還豁免了她受衣黎主教的管轄。在歷史上，還有劍大校長將劍城市長踢出教會的妙事。而大學禁閉冒犯大學的市民，更是屢見而不一見。這也就難怪劍橋早期充滿了「學袍」與「市鎮」戰鬥的故事了，最厲害的一次是一三八一年，劍城市長率領「暴」民，浩浩蕩蕩，攜弓帶劍，攻打劍大，毀屋焚書，猶如戰爭，而劍大的歷史檔案就在市集的熊熊烈火中被燒一光。這也就是為什麼劍橋的誕生日期成為永久之謎了。但劍大不止得寵於教會，還獲得英國皇室的特別眷顧，「學袍」與「市鎮」每鬥一次，市鎮就吃虧一次。「市鎮」也許贏過幾次「戰役」，但「學袍」卻贏得了最後的「戰爭」。別且不說，劍大原來「貧無立錐之地」，但試看今日劍河之濱，哪裏不是劍大之土。

劍橋與教會及皇室的關係，一方面成為她生存發展的憑藉，另一方面也註定了她與宗教

及政治的運動與禍亂難解難分的命運。一直到十六世紀上半葉，劍橋基本上還是寺院的性格，而她對「國」「教」可說具有雙重的「忠誠」。但一五一〇年到一五三〇年人文學大師伊魯斯瑪士在大學校長費雪的護翼下把希臘文引進劍橋，首次批判天之經地之義的《聖經》，這就開啟了劍橋「新學」之門。之後，劍橋的「宗教叛徒」出現了「白馬運動」（在白馬客棧秘密結社）更燃起了英國宗教改革、文藝復興的火炬。而亨利八世之脫離羅馬，自為英國國教領袖，從此「國」、「教」合一，對劍橋的學術性格，影響自非淺鮮。至於英國內戰時，皇室與國會（克倫威爾）之爭，更把劍橋捲入風暴的漩渦。在這些宗教與政治的大動亂中，劍橋之子都扮演了第一等重要的角色，有轟轟烈烈的鏡頭，也有陰森可怖的片段。在宗教改革中，劍橋之子，拉鐵梅、雷德來、克拉瑪就在牛津貝里奧學院大門前被活活燒死（牛津當時為舊信仰之中心；此後，牛津人為劍橋這幾位烈士建造紀念塔，就坐落在貝里奧學院門前）。而劍橋偉大的校長費雪因不肯承認亨利八世為宗教領袖及他的婚姻，亦被關進陰

森恐怖的倫敦塔（遊倫敦塔者不能不感到英人野蠻的一面），最後亨利八世還不讓這位老校長留着首級去戴教皇賜給他的「紅衣主教」的帽子，說來真可痛心，費雪還做過亨利八世的啟蒙老師哩！至於內戰期間，克倫威爾與米爾頓對劍橋之保皇派，攻擊凌厲，而其士兵與暴民（市民同情國會，「學袍」則大多傾向皇室）毀橋拆屋，搞得劍橋昏天黑地，雞犬不寧，劍河之水「紅似鮮血」（此據 W. W. R. Ball 之說）。這是自十四世紀初葉劍橋黑死病之災以來最大的禍害，若非克倫威爾與米爾頓對母校尚有「溫情」，劍橋恐怕真難逃劫數了。劍橋在宗教、政治之爭亂中，最可悲的是常常水火不容的兩方中都有劍橋之子，而各方都為「真理」、為「良心」！費雪如此，米爾頓、克倫威爾又何嘗不然？而在爭亂中，從容赴義的如拉鐵梅者固然令人動容，而像米爾頓面對自由淪失，皇室復興的結局，雙目失明，四處躲藏，深恐被人報復，又何其可悲可哀！米爾頓之《失樂園》難道是悲世傷己之作？！

講劍橋的學術，平心說，在十六世紀初葉之前是沒有什麼可稱述的。那時，英國的學術重鎮

無疑在牛津，只有牛津與巴黎及勃隆那齊名，而劍橋還是一相當隱晦的名字。這要等到伊魯斯瑪士播下「新學」的種子後，劍橋才開始冒升，當你走入皇后學院的後庭，抬頭遠看那位荷蘭人文學大師所居的閣樓時，雖然音容已渺，但總禁不得依戀低徊，就是因為他，劍橋開始從「上帝」的世界進入「人文」的天地。漸漸地，以希臘文化為基底的人文主義在劍橋生根落葉，聲譽遠播歐西，搶奪了牛津的光彩。十六世紀是劍橋脫胎換骨的世紀，也是她性命交關與光榮的世紀。

十六世紀，劍橋雖已開啟人文世界的大門，但「自然」世界卻仍然是乾坤混沌，神秘狡黠。到了十七世紀初葉，劍橋出了培根，他對劍橋缺少實驗性的科學的教育很批評了一番，他在《新阿特蘭提斯》一書中提出一個科學的烏托邦，塑造了一個科學的金殿。培根是歐洲科學思想的偉大先驅，但劍橋在科學上揚眉吐氣、名播四海的當然還是要等到牛頓在一六八七年發表了《數學原理》。妙的是，劍橋出了這二位歐洲最偉大的科學思想家，但劍橋的教育內涵卻並沒有激起根本性的改革（劍橋的反應是在一七四七年把數學

設立為第一個榮譽學位的試卷 Tripos，當然這可說是奠定劍橋「科學」的基底）。最最不可思議的是到了十八世紀與十九世紀上半葉，英國（及歐陸）工業革命已如火如荼地展開，而劍橋（牛津尤然）卻好像煞無其事，當時的院士們都還是優哉遊哉在象牙塔裏大做其清夢。一點不誇張，英國的工業革命的狂飆運動幾乎是從劍橋、牛津的大門外穿過的。當時，科學教育只有在蘇格蘭的愛丁堡及格拉斯哥大學還勉強有善可說；而重要的科學發明則都在英國北方的市鎮，發明家像戴爾頓、霍熙、法拉第等都是大學門外的豪傑，至於發明蒸汽機，帶動英國工業革命的瓦特則更與牛、劍無關。最令人費解的是，培根與牛頓的思想與理論在海峽對岸的法、德大行其道，而在劍橋卻得不到迴響。十八世紀的科學中心，在歐陸，不在英倫。

十八世紀的劍橋究竟是怎麼回事？在昏睡！在喝酒！在飲咖啡（咖啡屋在此時流行），劍橋社會風氣不止鬆弛而且出現了嚴格的階級性格。不錯，劍橋在十八世紀也出過偉人（但看這些偉人的傳記，發現很少不對母校有所貶詞的）。在

詩國裏，華茲華斯、柯立基等的浪漫精神更造成偉大的詩運，但是在科學方面，自牛頓之後，互互有如長夜！這到底是何原因呢？其中最主要的原因恐怕還在劍橋的學術與教育性格。當時劍橋學術所重者為人文，對科學不但不重視，而且輕蔑。那種教育是博雅教育（liberal education），是紐曼、仇懷（Jowett）等人的思想產物，其目的在培養紳士，而不是學者和科學人才。科學被看做是工匠的玩藝，是勞動階級的東西。十八世紀的劍橋人接近約翰遜博士的看法，大學的功能在於保持古代的文化，而不是創立或推展新知識。再者，當時劍橋的教育大權完全落在各個學院的手中，學院甄選院士則只重經典，視科學為無物，而對教育幾乎完全忽略，甚至有整年不開課者，至於對學院門牆外面社會的需要，既無所知也不願聞問，「塔」裏「塔」外幾乎兩不相涉。劍橋、牛津可以說對社會完全沒有負起應有的責任；也因此，一八二六年倫敦大學出現了，繼之而起的是曼徹斯特、伯明翰等地新的學院，這是牛、劍壟斷高等教育局面的破裂，也是英國大學教育進入新紀元的開始。

到了十九世紀初葉，劍橋人覺醒了。白培基就大聲疾呼，要大家正視科學教育。而此時，德國大學之新概念——即大學的中心主旨是掘發新知，是「研究中心」——已從海峽傳來。德國科學研究後來居上，威脅了英國工業之優勢，推究其因，就是由於德國將學術與工業接榫掛鈎。這時像牛津的人文學者巴德遜亦主張採納德國的模型。一八五九年，劍橋之子達爾文發表了石破天驚的《物種起源》，引起了學術界的大震動。「牛津之會」中，赫胥黎為達爾文之說大張旗鼓，他更以如椽巨筆，煽揚科學教育。這時，大學之概念開始變化了，「研究」被認為是大學不可或缺的功能了，到了一八七一年，劍橋的開溫第士實驗室建立了。開溫第士象徵了劍橋「科學教育」史上的里程碑，也象徵了劍橋性格（走向專門化）與教育制度（自一九二六年教學重由學院轉到大學手中）的大轉變的開始。開溫第士實驗室在物理學上一連串的大發明，使劍橋再度爭回自牛頓以後所失去的科學上的聲譽。

　　自十九世紀七十年代以後，劍橋在人文傳統之外又加上了日漸有力的「科學傳統」。這二

個學術可說分庭抗禮，平分秋色，各在劍河的一岸豎立起學術的高塔。劍河雙塔不但沒有破壞劍橋的性格，還平添了不少風致。但是這二座高塔，儘管相映成趣，卻互不通聲氣。這就導致了一九五九年基督學院施諾爵士「兩個文化」的講演。他感嘆「人文文化」與「科學文化」各成壁壘的現象，尤其抨擊人文學者對科學革命之懵然無知。施諾此說一出，立即遭到唐寧學院文學批評家李維士的嚴酷反擊。這場文化上的論爭，戰火從劍橋延至大西洋彼岸的美國，而在劍橋自然鬧得風風雨雨，是是非非，自非本文所能討論，但它也反映了二十世紀劍橋學術性格的一面。人文與科學之爭，在克萊亞學院的艾雪培爵士看來，實在是多餘的筆墨官司。艾雪培以為人文與科學都已在劍橋生根，兩者在本質上根本不相衝突，要消除兩者之隔閡必須尋找兩者接榫的關鍵。而他認為人文與科學之接榫關鍵是「技術」。艾雪培認為今日劍橋對於科學固然早已傾心相許，惟對「技術」則仍是欲迎還拒。這主要的原因是劍橋人不重「實用」，不重急功近利，在劍橋，飯後舉杯有時會有這麼一說：「願上帝護佑數

學，願它們永不會被任何人所用。」總覺學問應該靈空不滯，一落實際，便無足觀。艾雪培也反對只講「實用」，反對急功近利，但他認為劍橋人（及非劍橋人）對技術沒有真了解，在他看來，科學抽象，只對事物之理，孤注直往，也因此不但不可帶有計較利害或實用之心，還應儘量擺脫人的感情因素，但在「技術」則不但需知事物之理，還必須考慮設計一屋一橋對人的種種可能影響，此不但要顧到實用、安全，還要兼及美感與自然和諧之趣等等。所以，技術是使科學具體化，使科學再與人重晤並相欲以解。已故的三一學院哲學家懷海德就認為科學只問事物抽象之理的不足，他說：「當你完全了解了太陽、大氣層以及地球之運轉，你仍會錯過落日的霞輝。」艾雪培相信通過「技術教育」，你就會由抽象轉向具體，由孤立轉向整全，你還能欣賞到「落日的霞輝」。

劍橋的兩個文化之爭，究竟何去何從？她會完全接受艾雪培爵士的「技術人文主義」的雄辯嗎？我不知道。我所知道的是劍橋在寧靜的背後有不停的流動。七百年來，劍橋經過了無數的狂風暴雨，但她還是衝過一個個天災人禍的劫數，

繼續成長壯大。多少個王朝已經灰飛煙滅，但劍河還是長流不息。幾個世紀的磨礪，使劍橋的性格，在根本上，是越來越鮮明，而不是越來越曖昧。劍橋的力量就在她的幾個世紀的涓滴的「累積」；劍橋人相信不通古，無以開今。她有變，但亦有守，她有她的固執與驕傲，但她也不是死守無變。她在十八世紀錯過了替工業革命掌大旗的機會，但她畢竟總還成為英國科學的重鎮，不忝為牛頓的聖地。她儘管接納了德國大學的概念，但她拒絕把自己變為龐然巨物的「研究中心」。她早已與中古告別，但她仍然保有，並且發揚了中古大學的真趣——世界的精神。毋容懷疑，劍橋有她的歷史包袱，有她的傳統惰性；基本上，劍橋不相信「革命」（制度上的）可以製造奇跡，她毋寧更欣賞「改革」，劍橋人似更覺得日月悠久，毋須匆匆，他們對新事物的反應好像總是慢了半拍（還是好幾拍？），最明顯的例子是社會學。社會學先驅者斯賓塞是英國人，將近百年前嚴幾道翻譯了他的《群學肄言》。社會學就早為中國各大學所接受，但劍橋遲至一九七○年才設立社會學的講座。這比倫敦經濟學院至少晚了半

個世紀。從社會學教授龐恩斯的就職演説中，我們可以意會到社會學在劍橋的「人文」與「科學」兩學術傳統的鉗制下好不容易才掙得「半」席地位（劍大仍無獨立的社會學系）。

　　一間偉大的學府，如佛蘭斯納所説，必須是「時代的表徵」。她不但要反映時代的聲音，還要是社會風向的定針。如果僵持拒變，不知適應，自不免失去活力與生機，僵死「塔內」。但如中心無主，盲目跟隨「塔外」之風亂轉，則亦不免會失落她的性格與認同。劍橋與牛津一樣，傲氣是稍多了些，對「塔外」是輕忽了點，也因此曾付出許多代價，並將繼續付出代價。不過，在舉世中風狂走，看無數大學隨「學術市場」一漲一落而無所執守的情形，劍橋的那份孤傲與鎮定也真有幾分動人處！

一九七六年五月十五日於劍橋

Statue of Newton, Trinity College, Cambridge

劍橋・海德堡

五月間，我去了一次德國。德國給人一種複雜的感覺，它出過像希特勒這樣滅絕人性的狂徒，但也出了貝多芬、歌德那樣光風霽月，激發人性光輝的大豪傑。

最高興的是邀請我的大學中，有兩間是在萊茵河流域的。五月二十日當我自科隆搭火車前往曼漢的途中，腦海裏仍然浮漾着科隆的偉大哥特式教堂的形象時，萊茵河的兩岸風光已經衝入眼簾。假如科隆大教堂可以代表德國民族堅韌沉毅的性格（這個教堂前後花了近七百年才完成），那麼萊茵河似乎顯示了德國人開朗、豪放與浪漫的一面。萊茵河兩岸最迷人的是陽光、葡萄園，山之巔的古堡，水之濱的農莊。那一片片的葡萄園不能不叫人想起那一杯杯在夜光中噴香的美酒。

在夕陽西沉的時刻，曼漢大學的社會學系李普秀（Lepsius）教授和西派亞（Speyer）的管理科學研究所的克來傑（Klages）教授在曼漢車站向我伸出熱情的友誼之手。曼漢是德國的工業城，

也是德國重要的音樂之都，當我見到曼漢大學龐大典壯、氣象萬千、有如皇宮的建築時，不覺訝異，後來經李普秀教授解釋，才知道這原是神聖羅馬帝國一個大諸侯嘉洛菲列浦（Karl-Philip）的古堡。這古堡建於一七二〇年，是菲列浦因宗教爭論一氣之下將他的住所從海德堡移來曼漢的。當我一聽到海德堡這名字時，當即表示希望能往一遊。他們二位即說，西派亞、曼漢與海德堡鼎足而立，彼此相鄰，不如將我下榻在海德堡，所幸時節尚早，大批美國遊客還沒擁至，李普秀教授的秘書很容易即為我訂下旅館。這真是出乎意料的興奮，因為海德堡是德國最古老的大學城。當我在台灣大學讀書的時候，看了《學生王子》的電影，對她就有無比的好奇心。

當天黃昏，克來傑教授帶我小遊西派亞。這是一個三千年的古城，可惜它的面貌已被戰火毀傷無餘，所留下的一座千餘年的羅馬式大教堂，只堪後人憑弔而已。歷史的脈搏已斷，文化的生氣已弱，在暮雲低垂中，街頭是一片冷寂，克來傑教授說：「我們去海德堡吧！」

在斜風細雨中，我踏進了一家面對尼加河

（Neckar）的古香古色的旅館，那種擺設，那股氣味，就使我有訪遊德國以來第一次接觸到「歷史的」德國的感覺。我去過好幾個城市，幾乎都是戰後的新建築，實在太像美國的新城市了。太新、太劃一、太機械，好像都是在與歷史隔絕了的空間上擺設起來的，這些可以看出德國戰後復興的神速，但德國的性格卻埋在鋼筋水泥的裏面，與所有工業社會齊一了。海德堡是二次大戰中唯一免於美軍轟炸的古城，她還是在歷史中，她還有日耳曼的一種「原味」。儘管我已有些疲倦，我還是披上雨衣，走入一家充滿德國鄉土歌聲的酒肆，在燭光搖曳裏，暢飲萊茵河葡萄的美汁。我不能像其他酒客縱聲歌唱，但在歌聲中我依稀回到台大時的多夢的歲月。歌聲越來越響，浪漫的氣氛越來越濃，有人持酒起舞了，舞步由有律到無律，浪漫的熱情衝破了德人過分嚴肅，過分講邏輯的性格，至少，我喜歡看到不是在指揮棒下的自由步伐。當再乾盡新滿的一杯時，我離開了酒肆，這時遠處正傳來了十二響的鐘聲，這鐘聲好像是劍橋的，但鐘聲來自山巔，劍橋沒有山，鐘聲帶有水的輕靈，海德堡的鐘聲則有山

的凝重。

海德堡也是一個大學城，她的精神在大學，大學成立於一三八六年。在一三七八年時，歐洲的宗教世界發生了空前分裂。羅馬教皇之外，法國竟自己選了另一個教皇。天有二日？這在當時是極端不可思議的。德國的學者效忠羅馬，乃自巴黎大學撤出，而當時的明君盧巴德（Reprecht）就創立了海德堡大學。像牛津、劍橋一樣，海德堡大學當時也具有濃厚的宗教性格。也像牛、劍一樣，海大一直與歐洲的宗教、政治糾纏不清，她的世俗性的純學術的個性也是慢慢形成的，在十八世紀之後，德國大學成為西方大學界的模型！海德堡大學六百年的歷史，曲折迴旋，較之牛、劍似有過之而無不及，這主要是因為海德堡這個古城歷來為兵家相爭之地，她本身有着極神秘與多彩多姿的歷史與傳奇，歐洲最古老的「海德堡人」的顎骨，就出現在海城附近，據考當在二十五萬年到五十萬年前。海城曾是巴拉汀（Palantinate）主權國的王都，為神聖羅馬帝國的一部分。其間，魯普理軒三世且一度成為帝國之君，以此，這個古城的規模氣象迴然與其他城市

有別。實則，「巴拉汀」一字的拉丁文原意即是「皇宮」。而最能表徵海德堡歷史形象的則是在山巔的龐大古堡。你可以坐纜車而上，但最好還是沿大學古建築，緩步穿過一條條狹小長巷，再一步步踏石而上，那樣你就更能享受到探幽覓勝的快樂。當你在山下仰望那殘缺的古堡時，你首先就會被那一片古典的粉紅所蠱惑。海德堡的大建築幾乎都是粉紅色大石塊砌成的。而當你踏入古堡的鐵柵大門時，展現在你眼前的便是一個龐大的粉紅色的殘夢了。

古堡裏，一座座粉紅色的建築，都是一片片粉紅色的殘缺。自一二二五年，古堡的第一個建築在這山巔矗立起來後，歷代都有君王、諸侯在此增添了心愛的宮宇與庭園，如魯普理軒宮、奧賽尼雷克宮、巴列特丁尼花園、巴列特丁尼圖書館、鏡宮、鈴塔、井屋……每一座建築，都有特殊的面貌與個性。我最喜歡的要數十六世紀奧賽尼雷克宮了。上面有最精緻的文藝復興式的雕刻，不過，那也只是一片正面的殘牆罷了。緬想當年盛況，雕欄玉砌，又該是何等風光？這一片殘牆不止道盡了古堡的運命，也道盡了古城的運

命。古海德堡雖然光榮地與德國的宗教改革、浪漫主義、德國統一等大事結合，但她先後曾受到羅馬人的統治，瑞典人的征服，神聖羅馬帝國軍隊的佔領，又曾幾度屈敗於法王的淫威。當然，在二次大戰將結束時，她又再度豎起一片降幡出城來。從海城與古堡的歷史來說，十七世紀受到法王的攻擊是最慘痛的。一六八八年整個古堡受到法軍的摧殘，次年，法軍又火焚古城，熊光烈烈，把尼加河對岸的「聖山」都照得通徹透明。但古堡是堅韌的，那座「火藥塔」（以地下藏置火藥得名），面目雖非，而殘垣猶在綠草青藤中斜而不倒。是的，這古堡已是一廢墟，可是，它卻是一不平凡的廢墟，在很長的年月裏，它靜靜躺在山頭，任風雨吹打，沒人理睬。到了一八一〇年，一個叫凱蘭勃（Graimberg）的畫家雲遊到此，他一見此堡，驚為天物，便傾心相愛，從而全力搶修，並到處呼籲宣揚，才使人重新對古堡投以驚羨的眼光。古堡之美，因時刻、方位之別而有異，白晝在堡內徘徊近觀，固然會被那殘缺之美所震眩，但夜晚隔着尼加河遠眺，群山寥寂，黑色茫茫，獨見古堡在千百枝燈火映射下，

泛漾天際，則更如瓊樓玉宇，似幻若夢，不能不許為平生所見奇景之一。十八世紀德國浪漫主義在白倫塔諾（Brentano）等詩人畫家領導下發始於海德堡，莫非就是被這古堡的靈氣所動？無論如何，就憑此古堡奇景，海德堡「浪漫之城」的美名，便不算浪得了。

古堡是海德堡美的化身，但大學則才是海城的靈魂。不錯，這中古的老城，雖然勝跡處處，但畢竟是歷史之遺蹟，只堪供後人的嗟詠興歎，卻沒有活的生命，唯獨海德堡大學則直上直下，六百年後仍然弦歌不輟，把中古與現代細針密縫，接續不斷。不止乎此，海德堡是一學人之都，更是學生為主的文化之城。所謂「海德堡的浪漫主義」，一直貫透在學生的生活中。海德堡大學之子薛非爾（Scheffel）以妙筆將傳說中日飲三十六瓶美酒的宮廷侏儒白爾柯（Perkeo）譜成不朽之歌。而這個侏儒亦成為學生崇拜的偶像了。至於十九世紀末葉梅逸・佛斯特（Meyer-Forster）所撰《學生王子》的歌劇（電影即據此拍成），極盡愛怨悱惻之能事，更引起天下有情人之唏噓。二次大戰時，美軍對德國施以地毯式的

轟炸，獨對海德堡未發一槍一彈，使海城得以全保，相傳因美國人熟知《學生王子》一劇，對海城有特殊情感，故手下留情云云。是耶？非耶？不過，當時負責攻擊海城的美軍將領皮德林登確說過：「講海德堡歷史的，沒有一個人可以忽略了梅逸‧佛斯特的影響！」

不知是否也由於梅逸‧佛斯特的影響，海德堡大學的學生來自地球的每個角落，這更增加了海城的國際性。從這一點說，海德堡與劍橋又很相似的。誠然，講大學性格，海大與劍大極不相同，而二者之教育制度，亦判然有別。至於說到大學建築與校園之美，則海大遠非劍大之比。海大建築散落在山之腳，河之濱，自有其一番古雅，但海城真正之美不在海大。假如說劍大是劍城的靈魂與體軀，沒有了劍大，也就沒有了劍橋；那麼海大只能說是海城的靈魂，而不是海城的體軀，沒有了海大，海德堡仍然是一個無限綺麗的山水之鄉。說來有些奇怪，在看過歐陸一些名城大都之後，我就獨鐘海德堡。海城的美是有性格的，她有山之凝莊，又有水的清靈，她不止有陽剛的霸趣，還有陰柔的嫵媚，而最使我傾心

的更是那股濃厚的生動的歷史古趣。我對博物館中的歷史興趣已大大減弱，我喜歡的是日常生活中的歷史的躍動。

海德堡給你最有歷史的躍動的地方，不是古堡，而是古堡對河，「聖山」之腰的「哲人路」。通過十八世紀巨大石砌的古橋，再循着滿地紅石子，鳥聲啁啁不絕的曲折小徑，逐步攀登，約一刻鐘，便到了著名的「哲人路」。在這裏，你就與古堡隔河相對，而腳底便是整個海德堡的老城了！你眼前所見到的不止是一幅畫，而是一篇史詩，一篇與海城有關的歐洲史詩。羅馬的君臨與興亡，三十年戰爭的恩恩怨怨，路德與教會的雄辯，法國大革命的風暴，拿破崙帝國之夢的崩解，俾斯麥統一德國的雄圖，狂人希特勒的驟起驟落……這一切都與海城發生有血有淚的關係。面對海城，看一江春水，不由你不興發古今興亡，夕陽幾度紅的感慨。不知黑格爾在哲人路上躑躅時，可曾有「歷史的狡黠」的感喟？是的，在「哲人路」上，曾留下無數哲人的足印，歌德在老年時當曾在此徘徊。我想大社會學家韋伯生前一定在「哲人路」上對歷史文明的發展有

過銳敏的思索。說到韋伯，我這次海城之旅中最大的收穫之一，便是李普秀教授星夜帶我訪尋韋伯生前的居宅了。那是一幢面河、寬敞的三層樓洋房，韋伯即居二樓。當時，他身體不好，未接海德堡大學之聘約，但他每個禮拜總有一天在家中與海城知識份子聚會，這竟成了海域最重要的學術文化的活動。他的《經濟與社會》以及比較宗教（包括中國的）的巨著之手稿即在此完成。韋伯尊重歷史的經驗與現象，他不像其他德國哲學家那樣，把世界納入簡單的邏輯或哲學體系中去。他了解人類文化的複雜性與多樣性。他沒有建構思想的大系統，也沒有創立學派，但他給予了後人更多、更有用的思考的線索。在星光中，韋伯的故居顯得格外的清澈皎潔。

海德堡的四日之遊，是我德國之旅中最難忘的日子。有人說，在這「浪漫之城」裏，你會失魂飛魄。我雖然魂未失魄未飛，但的確被粉紅色的古典的殘缺和萊茵河的美酒迷得陶陶樂盡天真。詩人讚美海城是「永遠的年輕，永遠的美麗」！是的，海城看來更應該說永遠的古老。但永遠的古老與永遠的年輕又有什麼分別呢？永恆

的存在才是神秘之美的關鍵！

回到劍橋。劍橋人問我德國之行的印象。我說，我被海德堡的美眩惑了！沒有妒意，卻高興地，劍橋人說：「劍橋與海德堡是姊妹城呀！君其不知乎？」

唉！難怪呢！這真是一對絕色的姊妹花，誰更美更可愛呢？我說不出來。她們的美都自成一格，敢情你能分辨林黛玉、薛寶釵哪個更美、更可愛嗎？劍橋與海德堡相同的是：她們都永遠的古老，永遠的年輕，永遠的美麗！

初稿五月二十九日於老劍橋，六月十日寫定

The Great Dome, Massachusetts Institute of Technology

劍橋語絲

從劍橋到劍橋

—— 漫談哈佛與 M.I.T.

六月一日，我從英格蘭到了「新英格蘭」，從英國的劍橋到了美國的劍橋。大西洋在現代科技時代，只不過是一條河流矣。幾小時前，我還在天清地寧的「那個劍橋」（哈佛人如此稱呼），而幾個小時後，我已站在熙來攘往、車水馬龍的「這個劍橋」的中心 —— 哈佛方場 —— 了。二個劍橋，二個世界。這二個劍橋的氣氛是那樣的不同，我好像從中古突然降落在二十世紀的現代。迷惑，我確有些。一時我幾乎找不到二者的關係，雖然我確知「這個劍橋」與「那個劍橋」是有血濃於水的淵源的。

走進「哈佛園」（Harvard Yard），我的感受才有了改變。這個為無數騷人墨客所歌頌過的地方，是一片廣大的綠。一棵棵蔽日的榆樹，一塊塊青青的草地，立刻給人一種清涼感。那四周一幢幢的紅磚砌成並爬滿常春藤的老屋，更使人感到親切和寧靜。而在那灰白色的「大學學堂」

（University Hall）前面哈佛銅像的身上就立刻找到二個劍橋的歷史紐帶了。哈佛是「那個劍橋」的「茵曼紐學院」之子，他在十七世紀初葉，與一百多位劍橋人（也有牛津人）一樣，從英格蘭移民到新大陸來，並在這塊草莽大地上散播文化的種子。一六三八年，哈佛死時，將他私有的四百冊藏書及一半財產（八百鎊）捐給了當時剛誕生不久的一所窮學院。這所窮學院後來就改名哈佛學院，也即是今日譽滿世界的哈佛大學的起源。哈佛無子嗣，但他的香火卻成為新大陸的學術的火炬。

哈佛大學在成立之初，即追慕劍橋大學，而立意以劍橋大學為模型。哈佛第一任校長鄧世德（Henry Dunster）即是劍大「麥特蘭學院」之子，他在清苦艱辛的局面中，一點不肯放鬆學術的水準，因此，到一六四八年，哈佛的學位就獲得了牛津、劍橋二校的承認。故有譽鄧世德為「美國高等教育之父」者。他的繼任者喬納賽（C. Chauncey）也是劍大「三一學院」之子。他是一位經典學者，所以哈佛在草創階段即已受到歐洲文化的孳乳。哈佛的創校宗旨是「發展學

術，以垂萬世」，「發展學術」則正是劍橋偉大之子培根的一生志願。確切地說，十七世紀在這個草莽大地上的牛、劍之子是當時知識上的「統治階級」，他們是從老世界來這個「文明新疆域」上的文化播種人。他們當時是被英國排斥的清教徒，喬納賽就是被蘭特主教驅逐出「那個劍橋」的。這些清教徒所堅信的是米爾頓在《失樂園》中所崇尚的自由。他們是不容於老世界的飄零之花，但結果卻在新大陸扎根生果。哈佛史權威莫里遜（Samuel Morison）指出，這批清教徒在十七世紀就創造了新英格蘭的「早花綻開」（early flowering）的局面。而三個多世紀以來，哈佛已由一間「原野中的窮學院」發展為富甲世界學府的大學（基金已達十億美元），而當年「早花綻開」已演為今日繁花耀眼、美果累累的景象了。今天，哈佛執新大陸學術之牛耳（西岸的加州大學的柏克萊年來聲譽鵲起，則有「西部的哈佛」之稱），與牛津、劍橋並轡競鞭，成為世界學術重鎮之一。

　　談到這個劍橋，總不能不談哈佛，捨哈佛，劍橋不過是查理士河邊一小城而已。但是，自

二十世紀三十年代以還，談劍橋固不能不談哈佛，而談哈佛又不能不談 M.I.T.（Massachusets Institute of Technology，麻省理工學院）了。M.I.T. 亦已有一百多年的歷史（創立於一八六五年），但在十九世紀末葉以前，又窮又小，微不足道，哈佛早年還幾度想「吞吃」它哩！不過，自本世紀之初葉，M.I.T. 自查理士河對岸波士頓搬到劍橋這邊後，發展神速，現則成為世界最有聲譽的技術學院，儼然為美國技術文化之表徵，而成為世界多處效仿的模型。他的新穎龐大的建築，沿查理士河畔的「紀念路」而建，迤邐一里有餘，與哈佛並分了劍橋之天下。哈佛與 M.I.T. 各有所長，互擅勝場，哈佛之座右銘是「真理」，M.I.T. 之座右銘是「腦與手」。比較言之，前者重純學術，後者重實用；前者有些像象牙塔，後者則像現代企業公司。前者古雅，後者新麗。不過，半個世紀以來，二者不但在建築上越來越像，而在學術取向上也越來越接近。事實上，M.I.T. 在康普頓（K. T. Compton）及凱林（J. R. Killian）等校長領導下，已自純技術擴及到科學、社會科學與人學，而哈佛則自人文學而擴及科

學與社會科學，並越來越對技術研究發生興趣。熟悉劍橋發展的歷史的蘭德（C. Rand）說，再過些年，哈佛與 M.I.T. 的區別將愈來愈小，而把二者「合」起來則不啻是美國的「劍橋大學」。把哈佛與 M.I.T. 合稱為「劍橋大學」確有些實質上的理由。因目前二校合作計劃之多，不計其數，二校學生可以互選課程，二校教師也來往無礙，而圖書之互通有無更不在話下。在尖端科技上，如電子加速器，二者固是攜手設計，在社會工程學上亦是共同合作，如都市研究即是一例。至於我所作客訪問的 M.I.T. 的「國際研究中心」與哈佛的「國際研究中心」更是「我中有你，你中有我」。哈佛的季辛吉在未出山前即是 M.I.T.「國際研究中心」的常客之一。總之，這是一個學術專業化的時代，沒有一所大學可以包羅萬有，也因此二校之合作成為智者所同許。事實上，不但劍橋的哈佛、M.I.T. 緊密攜手，同時，二校還與大波士頓區中許多大學與學院，如波士頓大學、魏斯萊女子學院、佛蘭契學院、布蘭達士大學，互通聲氣，至於蕾達克萊芙女子學院（Radcliffe）則已與哈佛正式聯姻為一矣。整個大波士頓區儼然

像一學府林立的大森林，也如一「學術文化的共同市場」。劍橋自哈佛方場坐車經 M.I.T，過查理士河，而直達波士頓，這不但是一交通網，也是一文化網。「那個劍橋」在廣闊的草澤平野上，如孤星閃耀，單峰獨矗，而「這個劍橋」則如繁星輝映，群峰起伏。「那個劍橋」是冷的，「這個劍橋」是熱的。

波士頓在內戰前有「美國之雅典」的稱號。的確，波士頓不愧為美國的文化之都，但真正有磁性吸力的還是波士頓市查理士河對岸的劍橋。而劍橋最吸引人的還是哈佛，哈佛給人一種歷史感，一種文化的沉潛氣息，而最能反射哈佛氣息的則是哈佛園。哈佛園是哈佛的象徵，也是哈佛的靈魂。在這裏，綠色幽幽中傳來的清脆鳥聲，褪了色的紅磚老屋裏散發出的歷史的清香，都不是其他美國大學宏偉標緻的建築中所能有的。園中魏德納圖書館（Widener Memorial Library）巨柱擎天，如山峙嶽立，哈佛教堂則素白清雅，最是脫俗。至於最老的「麻塞秋色堂」，以及羅馬式的「西佛堂」等都有特殊的性格和情趣。哈佛園不止住滿了一年級的新生，也不知居息過多少

名士巨靈。「這個劍橋」像「那個劍橋」一樣，三百多年來也出過不少學術文化及政治上的風流人物。也像「那個劍橋」的古老庭院一樣，哈佛園在悠遠的歲月中也留下了無數令人慕悅的「傳奇」。其中最膾炙人口的有詩界四傑（艾默生、荷墨士、羅威爾及朗費羅），杏壇五賢（哈特、凱德雷奇、柯柏蘭、培克與懷海德），以及哲界四名士（詹姆士、羅伊斯、桑塔耶那和派墨爾）。當然，哈佛也為他所培育的五個總統而自豪（二個是開國初期的阿當士父子，二個是關係美國國運而有親戚之雅的羅斯福，另一個則是才華卓越而風流偶儻的甘迺迪）。但是，在哈佛園中留下最多足跡，而至今為人懷念不止的是在教育哲學上卓有見解而對哈佛有劃時代貢獻的三位校長，艾略特（Charles Eliot）、羅威爾（A. L. Lowell）及康納德（James Conant）。

哈佛之躍起，當然與美國國力的突升有關。但十九世紀中葉以來，哈佛的三位校長對哈佛之地位的提高，大有關係。艾略特也許是哈佛發展史上最有關鍵性的校長。他自一八六九年由 M.I.T. 教師轉為哈佛校長後，以鐵面慈心，大力

推動教育上的改革，使哈佛由一普通學院變為真正的第一流大學。他當時緊接約翰・霍布金斯大學校長吉爾門（Gilman）之後，參採德國大學的模型，把發展重點放在研究院、職業學院及研究上。他強化法律研究院，創立了人文與科學研究院和工商研究院，並且開設了許多新的學科（如經濟、政府、社會倫理、考古學等）以探討知識之新疆界。在艾略特之前，美國大學教師必須到歐陸（特別是德國）深造而後始無愧「學者」之名；在此之後，美國在學術上才自我具足，無愧於天地。在大學教學上，艾略特所創的「選修制」（elective system），給予大學生以最大自由的選課權，他相信每個進哈佛的年輕人在心智上都是成熟，都知道自愛進取的。

假如說艾略特發展了哈佛的「大學」，那麼他的繼任者羅威爾便是強化了哈佛的「學院」。艾略特眼睛往德國看，羅威爾的眼睛則往英國看。德國大學之重研究開世界風氣之先，英國（特別是牛、劍）之大學教育則為舉世所推譽。羅威爾修正了艾略特的「選修制」，規定學生應將課程較集中於一個學科，不致於散漫無歸。他對哈佛最有永

恆性的貢獻則是他的「院屋制」（house system）。在這個制度下，哈佛在查理士河畔建立了七個喬治亞式的院屋（目前已增至十三個，分散各處）。每個院屋規定分與三百五十個到四百個二至四年級的學生居息。院屋制模仿了牛津與劍橋的學院制的精神，院屋中雖然沒有正式的教學，但卻是一個不拘形式老少長幼談天論書的天地，每個院屋設有院長（像牛、劍一樣，也叫 master），「教務主任」（英文為 senior tutor，無適當中譯）和導師（tutor）。在結構方面說，每個院屋有食堂、圖書館、休息室、音樂室等。建築都頗雅致，尤其是沿河的幾幢，庭院深深，清幽出塵，很有些牛、劍學院的氣氛。羅威爾的「院屋制」的用意是在一間龐大的大學內設立一些「迷你學院」，使學生在「正式的」學業之外，還有一種無形的心智上與文化上的生活，以陶養「博雅教育」的情調。「院屋制」可以說提供了一種「隱藏的課程」（hidden curriculum）。此外，羅威爾又為極少數有特出才情的年輕人設立一種「少年院士制」（society of fellows），凡選為「少年院士」的學生可以自由研究，不必硬性地符合學系或學位的規例，「少年

院士制」是在「民主平等精神」之內的一種「貴族性」設計。也可說是「功績制」（meritocracy）之內的一種「貴族性」構想。

康納德在一九三三年繼掌哈佛後，又有一番作為和想法。他提出了「通識教育」（general education）的觀念，並深信教育的宗旨是培養自由人。在「通識教育」下，每個學生必須在人文學、社會科學及自然科學中選擇一定程度的課程。「通識教育」背後的意義與羅威爾的「院屋制」自有相通之處，即希望學生在專業訓練之外仍有博達的一面。康納德之不同於羅威爾者，是他更重視「功績制」中的「民主性」一面。他設立「全國獎學金」，使全美有才分的青年都可不因經濟原因而被阻來哈佛，他又設立「特設委員會」制（ad hoc committee），每當新設一教授或教授職位出缺時，即設立一委員會，邀請有關學者幫助甄選理想學人以為教授，這一設計無疑有力地保障了哈佛教授的高水準。康納德的繼任人票賽（N. Pusey）也是一位極有能力的校長，哈佛在他手中，從量的「成長」來說，可能超過所有過去的校長，不但建築大增，學生大增，即是

「講座教授」也大增。他是一位「功績制」與民主的信仰者。在學生選拔上，智商測驗取代了一切人為的判斷；在教授的甄選上，他與他的人文與科學研究院院長彭岱（M. Bundy）在五十年代都極力追索每一行的頂尖人物。彭岱的豪語是：「我們問自己，世界任何地方一位真正第一流的學者，他為什麼不是在哈佛呢？」在六十年代，特別是甘迺迪入主白宮的時候，哈佛的聲光確是無與倫比的。但是，特別自五十年代以後，哈佛的性格也開始急劇轉變了！誠如前加州大學總校長克爾（C. Kerr）所說，美國大學都在瘋狂地競賽，比新（似乎也比大），比合乎潮流。在這個競賽中，哈佛不屬例外，也不會落人後，事實上，他已相當無保留地競泳在當代的時流中了。今日的時流是科技的飛揚，今日當令的學者是科技的專家。彭岱以後就承認他們所甄選的頂尖的「卓越」人士，是一種「狹義的卓越」，也即是每一行、每一個小領域中的狹而精的專家。而在今日的時流中，價值已發生根本的變化，不但「卓越」之定義已變，即使學術也「市場化」了。哈佛園裏的教授也有價可求了。幾十年前，學者以哈佛園

為安身立命的地方，而現在的教授的「認同」或「忠誠」的對象已不必是哈佛，不必是劍橋，而可以是華盛頓、福特基金會，或者某個大公司了。誠然，挺然卓立的校長如艾略特、羅威爾，或氣象萬千的鴻儒如詹姆斯、凱特雷奇恐怕都是不合時代的人物了！現在最吃香、最受人羨悅的已是另一種學術界的新人物了，他們是「學術的企業家」。他們有學術的專長，但更懂得搞研究計劃，拿大筆基金，並建立一個個學術「帝國」。不錯，美國大學的性格已經急速地「企業化」了，這個變化是一種平靜的、無人察覺、也無人發起的教育上的革命的結果。

克爾也許是最清楚這個平靜的革命的人，他指出十九世紀牛津人紐曼的理念中的大學是一「村落」，二十世紀三十年代佛蘭斯納的理念中的大學是一「市鎮」。俱往矣！今日大學的理念則是克爾所創的新名詞 multiversity，而 multiversity 則是一「城市」了。何謂 multiversity？這很難有一恰切的中譯，勉強可譯為「綜集大學」；簡言之，這是一種龐大、無所不包的學府，裏面有學院，有研究部，有名目繁多的研究中心，有自成

格局的各種職業學院，有巨型的實驗室，大規模的圖書館、出版社……這種大學所應對的已不止限於教師、學生、行政人員，還涉及政府、基金會、工商界，甚至外國團體……它的多樣性、複雜性的確像一個「城市」，裏面不但人種繽紛，信仰異殊，而且團體林立，各成文化。像這樣的綜集大學，的確很難勾勒出一個大學的「目標」或「宗旨」了！一點不算誇張，「這個劍橋」已由一「村落」，變為一「市鎮」，而現在則是不折不扣的「城市」了。

自第二次大戰時起，美國著名的大學已受到聯邦政府巨大的經濟上的資助（此可推溯到十九世紀中葉）。這自蘇俄首先放射衛星成功後，更刺激加速了政府對高等教育的援手，聯邦支援的重點是研究（研究則與研究院之發展不可分），研究的焦點則是科學，特別是技術。在這個大運動中，哈佛與 M.I.T. 自然受到政府的青眼與眷寵，其結果則劍橋的教授幾難不成為華盛頓的座上客。而劍橋的查理士河與華府的波德馬克河幾乎接通了。名牌學者出現在哈佛園者越來越稀疏，而大都變成了拿手提箱穿梭空中的飛教

授了。哈佛與 M.I.T.，特別是後者，與美國高級科技工業的集中區（即波士頓一二八公路）則更是結下不解之緣。一二八公路兩邊綠蔭叢中，聚合了數以萬計的科技專家，美國的國防與太空發展，不能沒有他們，美國的尖端工業，也不能沒有他們，一二八公路可說是二十世紀「知識工廠」的鮮活寫照（另一重要地帶在加州）。而劍橋與一二八公路是不能分的，其結果則是「大學——政府——工業」成為「三位一體」。這一發展的趨勢，如巨浪排空，蔚為莫之與京的潮流。在劍橋，特別是哈佛，有些學者對這種趨勢頗不以為然，但是，在許多人眼中，這是劍橋的一個以科技為基底的「文藝復興」時代。試想誰又能在人類登陸月球的刹那，不為科技的成就而歡躍？當我動筆寫此文時，美國的衛星又在火星上登陸了！在「這個劍橋」，當你想到三百多年前，這只是老文明在蒼莽大地中開闢的一個小小的新疆域，而今已成為拓展人類知識新疆界的重地，你是不能無所感觸的！

是的，我對「這個劍橋」的感觸是很複雜的。我對她在學術知識上的成就，有很深的欣賞，但

是，我對她「技術理性」過分膨脹則不無遺憾，這種「技術理性」的勢力從她的建築到學術取向都可察覺得到。同時，我對「這個劍橋」日漸「俗世化」的趨勢也有幾分嗒然若失的感喟。不錯，二十世紀七十年代的今天，我們不能不面對科技，並且應該熱切地歡迎它，但「外在世界」的征服是不能取代「內在世界」的充實的。當然，現代的大學也不能蝸居象牙塔之內，可是塔裏塔外總不能了無界線。一位哈佛人（奧屈區，N. Aldrich, Jr.）最近就著文感嘆哈佛的「象牙塔」已經破毀無餘了。現在也沒有人再能說或者再去理會何處是現實世界的結束，何處是哈佛的開始！他說，「真的世界」（現實社會）與「不真的世界」（象牙塔）的優劣是難說的，但可憾的是二個世界的「對照性」已經茫然不見了。奧屈區君的感觸只是「懷舊」?「念古」? 也許是，但決不盡然。一所像哈佛這樣偉大的學府是應該緊守住她的大門的，她應該有力地保護一個「不真的世界」的存在。只有在一個「不真的世界」裏，青年才能有夢，學人才能有夢。大學是孕育偉大之夢的地方。哈佛三百四十年的歷史不正是一連串偉大之

夢所綴織成的嗎？

　　來「這個劍橋」已快二個月了，我曾多次在M.I.T. 的「偉大方庭」（Great Court）靜看查理士河上片片風帆和對岸聳入雲霄的摩天高廈。更不知多少次在哈佛園踏青青的草地，在曦光中聽鳥的歌聲，看松鼠的歡騰；在落日中靜觀各色的青年男女自魏德納圖書館輕步緩緩落下石階。我的確感到「這個劍橋」的磁力，但是，我仍不由常懷念大西洋對岸的「那個劍橋」。

　　　　　　一九七六年七月二十一日於麻省劍橋 M.I.T.

牛津劍橋的競戲

一年一度香港的「牛津劍橋社」又聚會了，地點是香港帆船會，時間是四月五日晚。所以選這一天，是因為這天牛津與劍橋的划船賽又在泰晤士河舉行了！這是牛劍二校的「大」事，也是英倫的「盛」事。參加「牛津劍橋社」蠻有趣的；沒有任何義務，只是一年聚一次餐，不但可遇到舊雨新知，當場還可收聽自英倫直接轉播的船賽，最有意思的還是可以看到牛津與劍橋人彼此的促狹。牛劍人碰在一起時，彼此一定不肯不奚落對方一番。我雖係以「劍橋校友」的身份被邀參加，但卻一直是以第三者的立場欣賞他們彼此的戲謔。

以前寫過一篇《從劍橋到牛津》的文字，對這兩間英國的學術「雙尊」，我曾作過一些觀察。他們是學府中的瑜亮，一對姊妹花，很難說哪個更好，哪個更美。有些人讀了那文，興致很大，特別是在牛津、劍橋待過的人，更喜歡跟我上下議論。好像是沒有例外的，牛津人總要把牛津說

得比劍橋好一點、美一點；劍橋人總要把劍橋說得比牛津美一點、好一點。其實牛津與劍橋搶第一的遊戲由來久矣。由於這二間古老而悠久的大學，自其同者而觀之，則幾乎是雙生子，但從其異者觀之，則又面貌有別，精神各異，也因此，比較二者的高下同異就成為大家有趣的話題。誠如查理士·丁尼生（Charles Tennyson）說，這是一個「不可避免的比較」。

牛津與劍橋競戲的項目中最為牛劍人所喜好的倒不是比好比美，而是比「老」。史學家麥特蘭（F. W. Maitland）說：「所有校際運動中最古老的一項是吹牛比賽。」在比老的吹牛賽中，牛津人說牛津是 Mempricius 在先知 Samuel 時期創立的，劍橋人則說劍橋是 Gurguntius 王時代的西班牙王子 Cantaber 創建的。從這些神話中可以欣賞到牛劍人的吹牛本事各擅勝場，難分軒輊。毫無疑問，這項吹牛比賽的勝負是不能分曉的。牛津與劍橋的大學生辰恐怕將永遠停留在浪漫的濃霧中。不過，在世界大學的齒序上，牛津是排在劍橋之前的。根據劍橋英國文學教授 Basil Willey 的回憶錄，他代表劍橋參加艾森豪威爾的哥倫比亞

大學校長就職禮時，在按齒齡排位上，由於那時巴黎大學與佛羅倫斯大學無代表出席，故劍橋與牛津得以並列同坐，否則牛津與巴黎並列，劍橋就要與佛羅倫斯同坐，而退到「小老弟」的地位了。誠然，這樣的齒序，劍橋人還是不能心悅誠服的。可是，有一點，劍橋人不能不同意，那就是儘管兩個「大學」的生辰先後，不能鐵案如山，若是就兩校的學院出現的遲早來講，一二六四年成立的牛津的牟頓學院（Merton College）則比劍橋最老的一二八一年成立的聖彼得學院（Peterhouse）要早了十七年。學院制是牛劍二校的特色與靈魂，講牛劍而不談學院，就像莎翁的《哈姆雷特》中沒有了丹麥王子。因此，牛津在學院的年齡上是勝了劍橋的。不過，在牛劍二校六十四個學院中，論財富之雄，偉人之多，則勢必要數劍橋的三一學院了。

牛劍在「大學」的誕生一節上，各製造古怪的神話，固然弄得雲霧瀰漫，不辨真相。還有一件事，也是非同小可，兩校也是各出心思，必爭之而後快。所爭為何？原來牛劍都要爭喬叟（G. Chaucer）為己出。眾所周知，喬叟不但是英國中

古的最偉大詩人，更是英國文學之父。但這樣一位文學巨子的生辰則像牛劍二校的生辰一樣撲朔迷離。早期傳記家所說的一三二八年已經被華德（A. W. Ward）等指出訛誤。至於這位偉大詩人究竟是牛津之子抑或劍橋之子，則各有說詞。牛津人說喬叟名著《坎特伯雷故事集》中的錄事是牛津生；劍橋人更振振有詞說喬叟設非劍橋生，他詩中曷能知曉劍橋的屈冰頓街？不過，這些畢竟是「大膽的假設」，還待「小心求證」，嚴格的「喬叟學」學者顯然都不肯加以採用。看來，喬叟像莎士比亞、波柏、濟慈這幾位詩人一樣，並非一定不入於牛（津）便歸於劍（橋）的！

照劍橋社會史學名家狄凡凌的看法，在喬叟時代（十四世紀），牛津是英國學術的中心，十六世紀以降，劍橋才與牛津分庭抗禮，成為強勁的對手。十六世紀初期，劍橋在偉大校長費雪（John Fisher）手中獲得巨大的發展。當他是「皇后學院」院長時，請了人文學大師伊魯斯瑪士（Erasmus）來劍橋，講授希臘文，開啟了「新學」之門，批判了神聖的《聖經》，牽引了英國的文藝復興。牛津大史家吉本譏笑伊魯斯瑪士的希臘

文是從牛津學來的（他在一四九八至一五〇〇年在牛津的 St. Mary the Virgin 讀書，受 Colet 及其友影響），而劍橋人則反譏牛津本身已忘了其所教。不管如何，由於伊魯斯瑪士，劍橋在宗教改革上發生了先導作用。牛津的大政治家葛拉斯東（W. F. Gladstone）老老實實地承認，不是他的母校，而是劍橋，開了影響深遠的英國宗教改革運動，而他的母校則了無貢獻。而在宗教改革中，劍橋之子，拉鐵梅、雷德來、克拉瑪竟都在當時舊教中心的牛津的貝里奧學院大門被活活燒死。難怪劍橋的史家麥考萊（Lord Macaulay）要憤而幽默地說：「劍橋的光榮是培育出許多著名的基督教主教，而牛津的光榮則在於把他們活活燒死！」幸好，牛劍這樣的競爭是不復再見了！今日，牛津貝里奧學院的大門前豎立了一個牛津人為劍橋這幾位烈士建的紀念塔！

牛津與劍橋，從結構形態到學風性格都有不同。粗枝大葉地說，二個都是大學城；但在牛津，大學是在城裏面，在劍橋，則城在大學裏面。牛津具陽剛之美，劍橋有陰柔之美。傳統上，牛津是保守黨（Tories）的大本營，劍橋則是

維新黨（Whig）的堡壘：前者多運動，後者多偉人。牛津的學術偏「價值之知識」，劍橋的學術偏「自然之知識」。牛津與劍橋像希臘的城邦，自成一體，各具風格。究竟哪個更吸引人，實在好花入各眼，要看觀賞者的品味。因此，二者高低的比劃，別人可以不在意，牛劍人自己興味盎然。

劍橋與牛津在帝國全盛時期，它們的畢業生幾乎壟斷了政治舞台。牛津人費樞（H. A. L. Fisher）在 *The Place of the University in National Life* 一書中就認為這是牛劍教育的功能。在英國政治上，位居要津的幾乎不是牛津人，就是劍橋人。這在亞洲，大概只有東京大學在國家政治上有這樣的優勢。在牛劍二校中，恐咱牛津人尤佔上風。牛津人，據佛蘭斯納（Flexner）看，多屬仇懷（Jowell）型的紳士，學則學矣，但比起劍橋人來，興趣還是偏向於巴力門與文官系統，很有點「學而優則仕」的氣味，葛拉斯東可算是個中典型代表。儘管劍橋人亦不少走上從政之路，並且亦非無聲光煥發，卓有成就者，如小璧德，二十四歲就已拜相，可是為數畢竟較少。反之，牛津人則大多食君之祿，在政治上大展手腳，遠

者無論矣，即看今朝風流人物，工黨下台不久的威爾遜首相是牛津人，保守黨的前任首相希斯，以及現任首相「鐵娘子」戴卓爾夫人都是牛津人。前陣子為官非弄得一身是蟻的自由黨黨魁索普，也是牛津人。為什麼牛津人那麼多從事政治？這道理不易明白。不知哪一位人士有一妙解：牛津人的愛西斯河（Isis）可直通泰晤士河，所以一帆揚遠，直上青雲。反之，劍橋的「劍河」（Cam）雲淡風輕，恬淡隱退。所以，劍橋人不思廟堂之赫赫，而寧願退居於野也。是耶？非耶！假如說牛津人多政治家，那麼，劍橋人更多科學家。這一點，劍橋人是樂而言之的。開科學思想先河的培根是劍橋人，對人類現代科學發生革命性影響的二位巨子更是十足十的劍橋之子。三一學院的牛頓與基督學院的達爾文並列葬於西敏寺，前者開啟了無機世界之鑰，後者則為有機世界提供了一個理性的秩序。誠然，牛津之子非無科學家，但較之劍橋，是難以比肩競鞭的。

二校比賽的項目眾多，但歸根到底，人物還是焦點，而在各類人物中，英國很有些像中國，都很崇拜詩人。到底劍橋與牛津的詩人誰多

誰高則又是一個文壇矚目有趣的競戲大項目。我想劍橋人一定會「欣然同意」一位牛津詩人蘭恩（Andrew Lang）的說法。蘭恩極有新意地把牛津與劍橋二校最好的詩人編成二個板球（cricket）隊，各十一人，此外，在牛劍之外集全英最好的詩人另編成一隊，一共三隊，陣容如下：

牛津隊——

杜雷頓（Drayton），雪尼（P. Sidney），加流（Carew），拉夫蕾士（Lovelace），柯林士（Collins），毛里斯（W. Morris），約翰遜（Johnson），蘭道（Landor），雪萊（Shelley），阿諾德（M. Arnold），史雲朋（Swinburne）。

劍橋隊——

斯賓塞（Spenser），馬羅（Marlowe），薩克林（J. Suckling），赫里克（R. Herrick），米爾頓（Milton），丁尼生（Tennyson），屈賴頓（Dryden），格雷（Gray），華茲華斯（Wordsworth），柯立基（Coleridge），拜倫（Byron）。

（英）國家隊（牛劍之外）──

詹姆斯王一世（King James I），莎士比亞（Shakespeare），波柏（Pope），施威夫脫（Swift），白恩斯（R. Burns），白朗寧（R. Browning），史各脫（W. Scott），哥史密斯（Goldsmith），巴旁（The Rev. Canon Barbour），濟慈（Keats），摩爾（T. Moore）。

蘭恩說，假如不是因（英）國家隊中有莎士比亞，劍橋隊可以穩操勝券，最有冠軍相。依我看，就是在世界詩壇上，可以擊敗劍橋的詩人板球隊的，恐怕亦不多有，大概最有把握的是中國的詩隊吧！至於中國隊的名單，由於才多將廣一時也真難於選拔！

詩人王國中，牛津人落居下風，但牛津人在文壇上卻有一位體型與聲望都是巨大無比的約翰遜博士（Dr. Samuel Johnson）。約翰遜就是隻手完成英國第一部大字典的文學宗匠。他得到的「博士」頭銜卻不是今日流行的 Ph.D. 所可比擬的。約翰遜博士不止是詩人，更是文學批評的霸主，他的 *Lives of the Poets* 等書之價值，迄今

不斷。他生前享譽至隆，為一代之雄，文壇視之為北斗泰山，（英）國之人無不以結識約翰遜為榮為樂。他的文學社的文友包括藝術家雷諾（Joshua Reynolds）、詩人哥史密斯（Goldsmith）、經濟學家亞當‧斯密（Adam Smith）、史學家吉本（Gibbon）、哲學家勃克（E. Burke）等。這些人無不卓然成家，名耀千古，但約翰遜的聲光壓倒一切，隱隱然為一國重鎮。這位「博士」真正不可及的是他充滿人情味、充滿「普通常識」的智慧；他的一詞片語，隨口拈來，無不入情入理，平凡中顯神奇、神奇中見平凡，談鋒之健，詞彙之富，不由不令人擊節。約翰遜「語錄」不靠政治力量的推動，卻是百口傳誦，千秋不磨。論者以約翰遜是「最受愛戴的英國人」，恐非誇大之詞。英國一千年文壇中，星光閃爍，巨匠輩出，論詩藝文學，儘或有高於約翰遜者，但要像他這樣得人緣，深入社會各階層的，實難作第二人想。莎士比亞偉大則偉大矣，但他一生撲朔迷離，猶如羚羊掛角，無跡可尋，有作品而不見其人，不像約翰遜有頭有面，具體而「大」。牛津有約翰遜的確使劍橋難以抗衡。

不過，劍橋也不是全無招架之力的。事實上，劍橋在十七世紀，在早約翰遜博士二世紀前，就也有一位「博士」，他是「皇后學院」之子，叫傅勒（Thomas Fuller）。他寫過三十五本書，最著名的是 *The History of the Worthies of England*（這是一本描寫英國各縣最有價值的人物與事跡的書）。傅勒的學問、智慧與人品曾使無數才人折腰。英國的桂冠詩人索斯（Southey）曾引他為「最鐘意的作者」；散文大家蘭姆（C. Lamb）稱他為「親切的、善良的、可愛的老天使」；另一位大詩人柯立基（S. Coleridge）更讚美他說：「無可比擬的，他是那個號稱偉人如雲的時代中最懂情理，最無偏見的偉人。」他不止受到「博士」的榮譽，同時更因其書名而獲得 Worthy Doctor 的尊稱。他這個「博士」頭銜與約翰遜的「博士」是斤両悉稱的。事實上，他與約翰遜很多地方相像，不止都有重量級的體型，並且都是博學、友好，善於談天說地，二人皆有一種自然的吸引力，都是天生的領袖。論者認為他二人都有「最快的頭腦、最靈的耳朵、最敏捷的口舌」。要說不同的話，恐怕是約翰遜不但食慾大，並且

狼吞虎嚥，旁若無人，似乎頗沒有「吃相」；而傅勒則慢條斯文，一匙一叉，皆中規矩耳！可是，時至今日，約翰遜博士的大名婦孺皆知，而傅勒博士則連多數劍橋人也「未之前聞」了。命歟？運歟？這雖不盡然，但有一點則是無可懷疑的，約翰遜有一個鮑斯威爾（Boswell），而傅勒則只有一個培萊（Bailey）。不錯，培萊非傳記的下駟之材，但卻無法使傅勒永生，而鮑斯威爾則無疑是傳記中的不世高手，約翰遜在他筆下，簡直比活的還活，比真的還真！世無約翰遜固無鮑斯威爾！但無鮑斯威爾，則約翰遜也就可能是十九世紀的傅勒博士了！

牛津與劍橋這二個近千年的中古大學，可寫的太多，而二個大學的競戲項目更是多至不能勝數。看二者的競戲，誠是一件賞心樂事，但對彼此的勝負，實不可太過認真。那晚在牛劍社晚餐會中，收聽泰晤士河上二校競舟的新聞，牛津人與劍橋人固然精神專注，表情隨二校船隻的進度而轉變，但當聽到牛津的船搶先抵達終點時，劍橋人固沒有急於向牛津人道賀，但倒也沒有口出三字經，或者氣急敗壞，紛紛離場的。據說在

十九世紀中葉，比賽之前，兩校的划船教練都到對方，不在刺探敵情，反之，倒誠心想幫幫對手，其目的是：「讓世界看到最完美的划船」。其意在「划」，不在「勝」，好像有些中國釣魚雅士，目的在「釣」，而不在「魚」！

一九八〇年五月寫於香港

Bridge of Sighs, Cambridge

劍橋語絲

附錄

說《劍橋》與《海德堡》「語絲」的知音

　　《劍橋語絲》與《海德堡語絲》這二本散文集，在港台和內地已先後有六個版本。二〇一一年，中華書局於籌備百年慶生之年，為我出版了近作《敦煌語絲》，現在又要為《劍橋》與《海德堡》二本語絲出中華版，編輯焦雅君女士再三囑我多寫點有關這二本問世已多年的「語絲」。

　　《劍橋語絲》出版於一九七七年，《海德堡語絲》出版於一九八六年，前者距今已三十五年，後者也已二十六年了。多年來，這二本語絲在港台、內地，一印再印，它們沒有為我帶來財富，但卻讓我得到許多書的知音。說到書的知音，自然想起了高上秦和駱學良二位朋友，那時他二位分別主持台灣二大報（《中國時報》與《聯合報》）廣受讀者歡迎的「副刊」，高、駱二位編輯看到我第一篇劍橋文字後，顯然十分喜愛，二人在第一時間以同等的熱情向我邀稿，並表示今後將無

限期免費贈閱航寄報紙到我海外的居所（當年台灣二大報常有這樣的大手筆！）我對二報不分彼此，所以，幾乎每次我是寫好了二篇文章後，同時分寄給上秦和學良二位副刊主編的，十幾篇的劍橋所見、所思的文字就是這樣與《中國時報》與《聯合報》的讀者見面的。很沒想到的是許多熱情的讀者中有一位竟是我的業師王雲五先生。

雲五師當時已從政府退休，重返出版界，主持台灣商務印書館，自任總編輯（六十年代，我曾有幸被他委以副總編輯之職）。工作至為繁重，他竟有閒趣看我所寫劍橋一篇又一篇的小文，並不止一次寫信到劍大 Clare Hall 書院我的居處（我全家均懷念那幢有方庭的北歐式木建築），對我的劍橋諸文，讚許有加。年逾八十的雲老還以老編輯的口吻，表示要我將劍橋文字集稿交由台灣商務出版。一九七七年，商務的《岫廬文庫》（岫廬是雲五師之大號）的第一冊就是《劍橋語絲》。這也是《劍橋語絲》首次問世。

《劍橋語絲》問世後，她受到台灣讀書界歡迎的情形，是令人欣悅的。不少報章雜誌報道了此書，還有對我作專訪的，至今我仍有桂文亞

在《聯合報》寫的《星語劍橋》的訪問記。的確，許多表示對劍橋一書喜愛的識與不太識的友朋中，我特別不能忘記的是美學家朱光潛先生。一九八三年光潛先生由女兒陪同從北大來香港中文大學新亞書院講學。他是那一年「錢賓四先生學術文化講座」的講者，他講的是維柯（G. Vico）的「新科學」。當時，我是新亞院長，光潛先生是我久所敬仰的前輩學人，我們有過幾次的晤談。他送我一套他的《美學文集》，我也回贈了我的幾本書，其中一本是《劍橋語絲》。這位八十多歲的美學老人很快就看了這本小書。見面時，他一再表示他非常喜歡，他還說他要帶回北京，在內地出版，並徵求我的同意。我說我很樂意，但因有版權關係，我無權答應。為此，光潛先生就向我要了十本《劍橋語絲》，說是要送人，要人知道劍橋之為一偉大古老學府是什麼樣子的。朱光潛先生北返後，從北大燕南園寄來一幅書法給我，寫的是馮正中的《蝶戀花》，是一九四八年寫的，斯時先生應該很健盛，筆墨清秀遒勁，透出一股幽雅的書卷氣，新加上去我的名字的上款則字跡顫抖而蒼老，有識盡人間滋味

劍橋語絲

的秋涼。這幅字現掛在我駿景園的書房，而今字在人亡，但我總忘不了在新亞書院的「會友樓」與這位美學老人談《劍橋語絲》的情景。二十九年前光潛先生希望此書在大陸出版，當時未能成事。一九九五年《劍橋語絲》首度在大陸問世，今天又在中華書局出版，美學老人地下有知，一定還是樂意見到的。

十分有意思的是，二〇〇八年，北京大學出版社出版的《中國大學生讀本》中，收入了《劍橋語絲》中〈霧裏的劍橋〉一文，我相信該書的主編夏中民先生希望通過這篇文字使大學生能認識和欣賞劍橋這個學府的精神氣質，拓展大學生的「詩意空間」吧！正因為七百年劍橋的霧樣的歷史，不止使我要探尋劍大的生成發展的歷史和既有古典又有現代的校園文化，更引起了我對「大學之為大學」的思考，因此觸發了我以後撰寫《大學之理念》的動念。《大學之理念》一書自一九八五年在台北問世以來，港台、內地已各有版本面世，我也曾在三地多次作有關大學與中國現代化的演講，積累了不少文稿，事實上，我已有意出版《大學之理念》的「續篇」了。說起來，

如果沒有《劍橋語絲》，可能也不會有《大學之理念》。

　　書一旦出版之後，便有它自己的命運。在一九八六年之前，《劍橋語絲》是我著作中唯一的散文集，一九八六年《海德堡語絲》在台灣的《聯合報》與香港的香江出版社同步出版後，這二本散文集便成為一對姊妹篇了。最早把二書以姊妹篇姿態一齊出版的是香江出版社，納入到黃維樑主編的《沙田文叢》。二〇〇〇年，牛津大學出版社中文部總編輯林道群很用心地把二本語絲出了漂亮的精裝本。自此，這對姊妹篇便沒有分開過了。道群兄是香港中文大學的文學碩士，有學養，也有識見，是一流的編輯高才。他為了出版這二本語絲，還以「斯浩」的筆名，對我作了一次對談式的訪問，寫了〈從劍橋到中大，從文學到社會學〉的文章。

　　《海德堡語絲》之得以問世，全然要感謝散文家董橋的催生。一九八五年，我得德國 DAD 基金會之資助，並應以韋伯學名世的施洛克德（W. Schluchter）教授之邀聘到海德堡大學做訪問教授，海德堡是韋伯的故居之地，海大是韋伯學之

重鎮，而海城山水之美，文物之華，一住下來，歡然有喜，便動筆寫了篇感興小文寄給當時主持《明報月刊》的董橋。董橋兄對散文是眼高，手高，他顯然偏愛我的小品文字，第一篇甫刊出，董橋兄的限時快函就來了，勸我「多寫、多寫」。在董橋兄文情並茂的專函的催促下，我就將一篇又一篇的語絲寄給這位愛文又善於文的《明月》主編手上，《海德堡語絲》這個文集是在這樣的文字因緣中誕生的。董橋兄對語絲的文體，青眼獨具，稱之為「金體文」，寫了一篇〈「語絲」的語絲〉的美文，語絲得知音如董橋者，可無憾矣。

《劍橋語絲》與《海德堡語絲》問世後在港台、內地，我直接、間接地看到好幾篇評介的文章。記憶中，最早看到的是文船山在《中國時報週刊》發表的一篇整大版的長文，他顯然十分高看《劍橋語絲》，認為我的劍橋小文「寫得有詩意，又有歷史感，有文學神韻」，文船山對「語絲」的讚譽，無復有加，不啻在說，《劍橋語絲》已寫盡劍橋之為劍橋了，我讀了文船山的推介，不禁莞然有樂。後來才知道文船山是黃載生的筆名，載生曾是我指導的中大社會學碩士生，他來

港前是大陸的文學學士，出過幾本書，文才了得，他是在美著名社會學家楊慶堃教授推薦給中大的，入社會學系後，他跟我做研究，我們曾聯名在劍橋大學的 *Modern Asian Studies* 等刊物發表論文。畢業後，他去了美國，由於他數學特好，轉了行，最後在 IBM 任職，但他一直沒有放棄他的最愛 —— 文學。意想不到，載生在八十年代末就離開了這個世界，英年早逝，我每想起他就覺感傷。

文船山評介《劍橋語絲》一文外，梁錫華的〈金耀基：《海德堡語絲》〉無疑是一篇非常認真、有高水平的書評，梁錫華先生是比較文學的教授，是研究徐志摩的專家，是學院派的，但散文寫得文采風流，無絲毫拘泥。他對我的「語絲」，有些批評，不無見地，但他肯定也是一個喜歡「金體文」的人。梁錫華說：「金體文，可誦。」難得他會這樣讚：「有文士德性、哲人頭腦，且有行政高才的社會學家……『金體文』往往給讀者以啟迪，又豈只松風明月，石上清泉而已。」最令我暗暗稱「是」的是他看到了《海德堡語絲》筆墨用的最多的是寫秋和我的「秋思」。

他説：「作者愛秋愛得濃而不膩，深而晶瑩透剔，所以筆觸所及，秋，以及與秋有關的一切，往往既蘊藉又空靈。」錫華説我筆下的秋，「和湯普遜（James Thomson 1700－1748）筆下寫秋的名篇（The seasons）內若干詩句，竟是隔代輝映，情調相類」。最後，他説：「處身在宏麗的文學殿堂，金氏書的金光，無疑會長期閃亮於遊記文學的一角，即使歲月無情，相信也難把它沖刷掩藏」，我在這裏引了梁錫華教授讚捧「金體文」的話，恐不免有戲台裏喝彩之嫌，但我確實認為梁錫華是讀透我《語絲》難得的知音。寫到這裏，我不禁有些秋的惘然。錫華兄多年前已回去楓葉之邦的加拿大，生死茫茫，音訊早斷。

《劍橋語絲》與《海德堡語絲》是姊妹篇。在我眼中，是不分軒輊的，梁錫華似乎喜歡《海德堡語絲》多一些，牛津大學出版社的林道群兄告訴我，上海文藝出版社收入到《中國留學生文學大系》中的也是《海德堡語絲》，不是《劍橋語絲》。我有些納悶，他們是怎樣區別這對姊妹篇的？我比較感到舒服的是何寶民、耿相新主編的七十卷的《世界華人學者散文大系》他們所選的

文字是來自二本「語絲」的。我孤陋寡聞，以「學者散文」為名的文學大系還似乎是首次，雖然「學者散文」這個說法行之有年矣。不過，我仍然弄不清楚是如何界定「學者散文」的？

二本「語絲」的命運真不壞，一路走來，一直受到讀書界、出版界的厚愛，《劍橋語絲》出版迄今已三十五年了，《海德堡語絲》也已逾四分之一世紀了，第一代的讀者和書的知音，不少已經作古，看來這二本語絲的知音不絕，讀者也更多的是新一代的了！最近香港中華書局為紀念百年建局，出版一套由黃子平主編的「香港散文典藏」（繁體字），承中華書局主事人的青睞，典藏散文中有一冊「金耀基集」書名《是那片古趣的聯想》，所收的文字選自二本「語絲」及近年所寫的《敦煌語絲》。就在我為《是那片古趣的聯想》選文時，我又結識了一位「語絲」的知音。月前，我接到北京外國語大學的博士生導師李雪濤教授的信。信中說今年是中奧、中德建交四十周年，外國語大學準備出版一本《音樂和藝術的國度 —— 中國人眼中的奧地利》的德文書，以為紀念並示祝慶，李教授希望我同意將《海德堡

語絲》中〈薩爾茨堡之冬〉一文譯成德文，收入《音樂和藝術的國度》一書中，我當然是欣然同意的。李雪濤教授是德國波恩大學博士，通過他的譯文，《語絲》將會有說德語的讀者了，這是我當年寫「語絲」時不曾想到的，我感到高興。

為了志念《劍橋》、《海德堡》二本「語絲」中華版之問世，應焦雅君之雅意寫了四千字的「語絲知音篇」。「語絲」得知音，誠是「語絲」之福。惟歲月如馳，「語絲」作者之我，不知老之「已」至，去日苦多，來日苦少矣。然書之於世，有自己之生命，「語絲」而今不過而立之年，其來日之知音，將不復我盡得聞知了。

金耀基

二〇一二年九月二十二日

從劍橋到中大，從文學到社會學

—— 談文學和大學教育 *

訪談者：林道群

林：金教授，最近看到你重印了《劍橋語絲》、《海德堡語絲》和《大學之理念》三本書，令像我們這樣的老讀者，想到了很多，有些是關於時下的，有些則是關於過去的，為什麼選擇在這第三個千禧年的第一個龍年，重版這三本書呢？

金：沒有什麼特別原因，不過碰上第三個千禧年的第一個龍年，覺得有點意思。千禧年這個符號是西方的，現在變成為了全球的，龍年則是中國的、東方的，或者說是本地的。作為一個現代的中國人，這些符號都已構成存在的意義的一部分。

至於這三本書的重印，則是因為《劍橋語絲》與《海德堡語絲》的香港版早已斷市，不時還

---

* 本訪問成於二〇〇〇千禧年。

有識與不識的人問起。《大學之理念》原在台灣出版，香港的讀者不易找到，所以我趁機對原書做了些增刪，以新版在香港問世。當然，書之重印至少要通得過出版人和作者本人兩關。牛津大學出版社願意為此三書重印，那是通過了牛津大學出版社編審的眼光與判斷的一關。就我個人這一關而言，我出過好幾本書，有的已斷市，但我不會重印，這三本書似乎與時間關係不大，還是有人看，還是值得再問世，《大學之理念》更是一個新版，增加了新的內容。

林：在你的著作中，好像唯有兩本「語絲」是屬於文學的，很多人也非常喜歡這兩本「語絲」，《海德堡語絲》還被上海文藝出版社收入《中國留學生文學大系》中，但此後也未見你再寫了（到了二〇〇八年，金教授終於寫成「語絲」的三妹《敦煌語絲》）。這兩本「語絲」是怎樣寫出來的？

金：寫《劍橋語絲》和《海德堡語絲》，如我說過的，那是一種因緣。如果不是一九七五年去了劍橋，就不會有《劍橋語絲》這十多篇散文；

如果不是因為有《劍橋語絲》在先，不是因為一九八五年在海德堡住了半年，也不會有《海德堡語絲》。

簡單地說，我之動手寫劍橋，就因為它美，之所以會一篇一篇地寫下去，是因為它的美是有內涵的，是一種涵有歷史、文化的深層之美。我寫一篇篇的劍橋，是一篇篇的「獨白」，但也是一篇篇與劍橋的對話。一九八五年，我也寫《海德堡語絲》十多篇散文，也是同一心理、同一心境。

林：良辰美景，因緣際會，然而寫的時候主要想的是什麼？比如說一開始落筆，有沒有想過一系列下來要怎樣寫，寫成怎麼樣的文章？

金：當時寫《劍橋語絲》時，並不是一開始就想過一系列地寫，也沒有過出書的念頭，但一開始落筆後，覺得很難停筆，覺得不多寫寫，不好好寫，頗有負劍橋，或者頗有負我的劍橋之行。誠然，當時有不少讀者包括我的父親，催促我一篇篇寫下去，其中台灣的《中國時報》與《聯合報》編者的雅意與盛情更是我一篇甫

完，又再構思另一篇的原故。最想不到的是，最早對我提出一篇篇散文結集出版的是我的老師，也是中國的大出版家王雲五先生。王雲五師太喜歡這本書，他還指定列在台灣商務印書館當時正在策劃的《岫盧文庫》的第一本。《劍橋語絲》的問世，實是一連串的因緣。

林：你寫的《劍橋語絲》有你自己的風格，董橋曾稱你的兩本「語絲」是「金體文」，你能否說說你的《劍橋語絲》是怎樣的一本書呢？

金：董橋是散文的奇才，眼高，手也高，他對我的兩本「語絲」有特別的偏愛。說真的，《海德堡語絲》的一篇篇散文，所以能在《明報月刊》一期期刊出，就是被當時他這位《明報月刊》總編輯的高情盛意所逼出來的。純粹講「文章」，《海德堡語絲》恐怕更多一點「金體文」的味道，問我《劍橋語絲》是怎樣的一本書，這一點我曾說過：

　　這些語絲，有的是感情上露泄，也許沒有徐志摩那種濃郁醉意；有的是歷史的探

尋，但我無意於嚴謹的歷史考證；有的是社會學的分析，卻又不是理性的社會學的解剖；還有的則是「詩」的衝動與聯想（我不會吟詩，但在劍橋時，我確有濟慈在湖區時的那份「我要學詩」的衝動）。我真的很想勾勒、捕捉有形的劍橋之外的劍橋，那是霧的劍橋、古典的劍橋、歷史的（發展的）劍橋！劍橋已經亭峙嶽立地存在七百多年了。在我之前，不知有多少人曾以彩筆麗藻寫過她，在我之後，必然還會有無數人繼續去寫她。劍橋是一「客觀」的存在，但每個人筆下的劍橋都是他們自己的。

現在看來，《劍橋語絲》裏面想寫的東西是很多的。當然，怎麼寫，如何寫是重要的，但寫什麼，表達了什麼一樣重要，或者更重要，這就是以前中國人所說的文與質。我以前說《劍橋語絲》「沒有微言大義」，事實上，也不能說完全沒有，這在《海德堡語絲》就更明顯了。

林：你說寫《劍橋語絲》與一般的遊記也不太一樣，

怎麼說呢？

金：梁錫華博士曾有一篇學術論文，評論香港的遊記文學，其中用了很多篇幅討論我的兩本「語絲」，特別是《海德堡語絲》，他對「語絲」有很細緻深入的分析，顯然他很看重。梁錫華博士是把我的「語絲」歸為遊記文學的一類，不過，他又認為我的「語絲」不太像遊記。

我自己並不在意這兩本「語絲」是否屬遊記文學。誠然，我所寫的確是在捕捉我所「晤對」的景與物，但我落墨最多的是我之所思、我之所感。所思所感都表現在聯想與想像上。這就變成我很「個人的」、「私己的」世界。純以看遊記的心情來看「語絲」就不一定對味了。不過，我覺得不管是什麼類型的文學，聯想和想像是創作裏面主要的成分。沒有想像，沒有聯想，談不上創作的，創作不是憑空造出來。

林：陸機《文賦》所說「觀古今於須臾，撫古今於一瞬」……

金：寫作時，聯想與想像的空間真的太大了，上下

古今，東方西方都會交結串聯。古人有言，因為花，想到美人；因為酒，想到俠士。聯想是符號的交光互影。人與動物不一樣，動物只識得信號，人則活在符號世界中。語言是符號，文字是符號，儀式是符號，藝術是符號。怎麼把符號想像性地建構起來，這就不是寫學術論文了。那是我們說的文學世界了。

林：在《大學之理念》裏，你引紐曼（John Newman）的話說：「大學不是詩人的生地」，接着又說，但如果大學不能激起年輕人的詩心迴蕩，大學是談不上有感染力的。劍橋、海德堡這樣的大學的外在環境是怎樣引起你心底裏「詩的衝動和聯想」？

金：紐曼是就大學之功能而言的。至於像劍橋、海德堡這樣的大學城，不止美麗，而且有歷史與文化的厚度，有千百樣的符號觸動你的心靈。當然，這對每個人都是個人的晤對。所以說，千隻眼睛有五百種的看法，如果個人心裏沒有歷史的話，歷史並不存在。心裏沒有文學世界，你看到的是不會有文學性的。當年到杭

州，走在蘇堤白堤上，我說，漫步蘇堤白堤之上，像是踏在一首首千古傳誦的詩篇之上。白居易的詩，蘇東坡的詩早已成為蘇堤白堤的構成部分了。蘇堤白堤不只是蘇堤白堤，它們是中國文學的符號。所以當你心中有蘇東坡，有白居易，那麼同樣走在蘇堤白堤上，但實際上你走的和別人走的，其實是不一樣的了。你每走一步有你自己獨有的聯想和想像。有時候，讀者朋友遊罷劍橋歸來說，金先生，劍橋沒你寫的那麼好嘛。我說，那我可沒有辦法呀，那是每個人如何會意的了。比如沒有徐志摩，我與劍河一打照面未必就會有那麼多的聯想。從這一點來說，我看到的劍橋的確可說是來自歷史，而不是唯美。

林：我希望你就聯想這個概念再多說幾句。

金：比如說《劍橋語絲》的十多篇文章中，談到中國的好像並不多，但聯想常是一種跨地域的、跨時空的心靈活動，就以〈是那片古趣的聯想？〉這篇散文來說吧。我當時在劍橋，對劍河、對劍橋的建築、對劍橋的草木、對劍橋的

月光所感染到的，是一種古典的味道，很熟悉，好像曾經來過，怎麼說呢，那是詩裏面的，中國古詩裏面的。現實中劍橋的物景我雖然第一次晤對，但在想像世界中我的的確確早就徘徊過不知幾回了。故一見到她，我立即有「就是它了」的一種感覺。它給你一種感覺，一種不陌生的感覺，一種「曾經來過」的感覺，所以我寫：「曾經來過？是的，我確有些面熟，但我已記不起在哪裏見過了。是杜工部詩中的錦官？是太白詩中的金陵？抑是王維樂府中的渭城？有些像，但又不像！但我何來這樣的感覺？是佛塞西雅的聯想？還是因劍城的那片古趣？」

林：一種古典的味道？是純粹美學的還是歷史的⋯⋯

金：什麼是「古典的味道」，也許未必能說得清楚，但你我的確都能深深地感受到，它是經過時間的洗禮後的一種美，是美學的也是歷史的。兩樣都有，都糾纏在一起了。甚至中國、西方之分別，在這樣的情景交融中都分不清了。

林：《海德堡語絲》所收〈最難忘情是山水〉（見《敦煌語絲》，牛津大學出版社，二〇〇八；中華書局，二〇一一。）一文終於在景在情都回到中國來，又是怎麼樣的聯想？

金：你或許不知道，那篇文字寫於一九八五年，是我第一次踏上離開了三十五年的中國故土，「少小離家老大回」，心情是很複雜的。那篇文字著墨最多的是山水，是文化中國，不是政治中國。那些難以忘情的山水，其實我以前大多數並未去過，然而我在夢中卻不知去了多少回了。故土之行不久，我去了德國的海德堡，在他國異鄉常常在潛意識裏，不知不覺中都會想起中國。中國對我是一個龐大而有無數意義交集的符號叢結。當我在海德堡高弗茲博物館看到六十萬年前的「海德堡人」我就自然地想到我們的祖先「北京人」來，我問：「他（她）老人家現在何處？」

在巴黎凡爾賽宮驚眩於金碧輝煌的秋色時，我不禁想起故宮，想起景山，更想起北大附近西山的紅楓，「聽人說，西山的楓葉像西天的一

片彩霞」，我這樣寫。

令我自己都有點訝異的是，當我在日內瓦古城一家客棧，打開七樓的窗簾，見到一片初雪時，我這樣寫：

> 眼下所見的屋頂盡鋪着閃閃發光的白雪，一輪旭日從中國的方向升起！
>
> 我的胸中筆下與中國這個符號叢結有太深的關連。

林：寫那篇文章時印象最深的是⋯⋯

金：你記得我怎麼寫南京，寫中山陵嗎？我是這麼寫的：

> 中山陵是中山先生之陵寢，瞻仰者絡繹不絕。晨雨之後，郁郁蒼蒼，更顯得沉雄博大⋯⋯中山陵共三百九十二級，從下面望上去，層層疊疊，如有千級，有高山仰止之感；從上面往下看，則只見一片片廣闊的平台，似全無階級也。此最能顯中山先生平易近人的精神。中山陵出自呂彥直的手筆，當

時他不過三十許人，他的設計之難能處，在於捕捉住中山先生人格之偉大，卻沒有把中山先生塑造為神！

還有我寫蘇州，可是一種痛啊！

進蘇州，已是近午時分。梧桐的濃陰遮不盡白牆、墨瓦的古意雅趣，小城的街道玲瓏得我見猶憐。還來不及咀嚼匆匆的第一面，汽車、單車、人群之爭先恐後，此起彼落的喇叭聲，我那份準備擁抱江南半個仙鄉的心情已經冷了半截，更有那一塊塊、一條條店面上的簡體字，把這個兩千四百九十九年的名城裝點得今不今、古不古。最難堪的恐還是穿插在大街小巷的小河，水仍是水，只是已成為與污物浮沉的濁流了！

我說擁抱江南半個仙鄉，因為另半個是杭州。接着寫到西湖：

在西湖，舉目所讀之景，莫非一篇篇上佳小品文；漫步白堤蘇堤之上，更像是踏在

一首首千古傳誦的詩篇上了。

林：寫得真好！

金：蘇杭、蘇堤白堤，幾百年來太多文人墨客寫過了，這是我們的財產，但也可以是我們的負擔。中國文學傳統有時會把人壓得喪失了創造力，例如你看美人會很容易想起「沉魚落雁之美」的文句。第一個能使用「沉魚落雁」的人真有想像力，然而我們如果陷入駢四儷六，成語典故，則終陷入一種文化的模型中跳不出來了。文學如此，畫也一樣。我們說陳腔濫調的文學，就是指被定型了，就是指沒有想像力了。文學要有發展，一方面需要浸淫在文學傳統中，但另一方面又要能從傳統文學一層層的包圍中掙脫出來。

林：我們讀書可將勤補拙，但怎樣才能走得出來呢？古典文學世界畢竟美得如詩如畫。

金：傳統越厚，文學世界當然越豐美，但對個人而言，它是文化資源，但也可能是負擔。本來嘛，要在承繼傳統中，又要有突破確是難乎其

難的，所以，不是説，獨領風騷五百年嗎？這是誇大的説法，但也正説明在中國巨大的文學傳統中，要有巨大的原創性的突破是少之又少的。倒是十九世紀末以來，西湖東來，中國傳統受到前未之有的挑戰，這固然不幸導致許多傳統的破壞，但卻也因此開闢了文學（不止文學）這新路。

林：金教授，你寫「語絲」，可見出你對文學之愛，不過，你的專業是社會學，從文學到社會學，這條路是怎樣走上的呢？

金：是的，我是從事社會學的。我對文學有所愛，但畢竟是社會學之外的興趣。我求學的道路平穩而多變，從修讀法律始，到政治學，到國際事務，最後落腳在社會學。我之對社會學發生興趣，那是因為它對我關心的大問題，即中國之變與中國之出路提供了最有力的思考的資源與着力點。一九六六年我出版的《從傳統到現代》已可看出我已走上社會學之路，誠然，我的性向，我的人文情懷，都影響我的社會學思維的傾向。

林：後來怎麼來到了香港中文大學？

金：一九七○年來香港中文大學實在是又一因緣。當時，中國著名的社會學家楊慶堃教授應中大創辦校長李卓敏先生之邀請，幫忙發展中大的社會學。楊教授曾看過我寫的《從傳統到現代》，是他寫信到美國，極力鼓勵我來中大的。想不到，我一來就來了三十年。這三十年我不止目睹香港由一個「殖民城市」轉向世界級的大都會，並且有幸參與了中大的發展與轉化過程。不誇大地說，中大今天已經是一間世界級的大學了。楊教授已作古，我對他有很深的感念。他是一位了不起的社會學家，也是一位了不起的人。今年十一月底，美國匹茲堡大學與中大共同舉辦一個國際研討會，是專門為紀念與肯定楊慶堃教授的學術貢獻與事業成就的。

林：我記得思果先生寫「文學的沙田」圈子，說你是「幾乎是唯一對任何人物、任何事情都徹底研究過，而且有了結論的人」……

金：這是思果對我的印象。我與思果不算太熟。我很喜歡他的散文，是英國式的，很淡，也很醇，是一流的。當時中大有一個文學圈，包括余光中、宋淇、梁錫華、思果、黃維樑等人，時有文學沙龍活動。我不是圈子裏的人，我當然是樂見其成為一種氣候的。後來黃維樑編《沙田文叢》，將我的《劍橋語絲》、《海德堡語絲》收入到文叢裏。

林：《大學之理念》此書在台灣不斷再版，甚至成為大學生必讀書，最近港大風波，胡恩威還撰文說何不好好讀一讀金教授你的書。然而，我好像未讀過你專門討論中大……

金：《大學之理念》很榮幸香港有胡恩威先生這樣的知音。的確，我沒有專門寫中大的文章，不過我擔任新亞書院院長時，倒寫過不少關於新亞書院的文字。其實《大學之理念》裏面不少筆墨是寫新亞的。中大這三十年來經過了很大的「都市化」的過程。所謂大學都市化，簡單說來就是在校園中你會碰到許多人你是不認識的了，從人文來說，都市化是一種「陌生化」

的過程。大學不再是傳統小鄉鎮，而是一個城市。University 已變為 multiversity。

林：可小鄉小鎮的生活往往最令人懷念，大學為什麼總要不斷地發展呢？

金：當然，當然，當大學是小城鎮時，那種大小老少學者聚在一起論道談藝是很令人神往的境地。不是嗎？把酒（茶、咖啡）談天說地不是我們喜愛的一種學術生活嗎？然而現代大學不斷在發展，都市化當然與「陌生化」分不開，但我們也應該看到另一方面，都市化可以減少了小鄉鎮那種「集體的暴力」，沒有了周圍的吱吱喳喳，指手畫腳，個人性更能得以突現。在一種都市化環境中，個人更多一種選擇的自由。你無法與所有的人都有溝通、對話，但你可以選擇你的圈子、談你想談的，分享你願意分享的，選擇是人生的大問題、也是我們現代人的主題，存在主義把選擇放到中心位置，選擇是自由之源，也是到「真誠」（authenticity）之路。整體上看，大學變得太大了，缺少了小鄉鎮那種人人見面噓寒問暖的親切情調。不過

深一層看，在大學裏的有許多世界，許多小社
會，書院是一個社會，學系也是一個社會，在
學系裏，不用說實驗室裏緊密合作，學系裏的
學術討論密度也遠比以前大得多。離「道」更
近了。大學因而表現出來的力量比以前更大了。

林：當代博雅教育大師巴森（Jacques Barzun）對百
年來西方文化本身理性的過度發達顯然不以為
然。近日余英時教授、甘陽、夏志清教授都撰文
說巴森的新書《五百年來的西方文化》值得認真
一讀，而若說到對人文教育的悲觀，莫如耶魯文
豪布羅姆（Harold Bloom），他說現在大學連莎
士比亞也講不下去。經典失卻了經典的地位，大
學怎麼辦？

金：巴森對西方文化理性過度膨脹的批判是可以理
解的，布羅姆對人文教育的感嘆更容易引人共
鳴，經典確是失卻了經典的地位。中文大學的
鄧仕樑教授還寫過一本《沒有經典的時代》的
書。我想中國的人文學者對經典失落可能比巴
森、布羅姆的感受更為強烈。在西方大學裏，
有莎士比亞講不下去的感歎，而在中國大學

裏，不但要考慮中與西的學術文化傳統的定位，還要對一個「科技性文明」的基本意義有所掌握，現在碰上全球化浪潮，更不能不讓大學生有全球知識，世界關懷。的確，在香港的大學裏，大學只有三年，學生的時間就這麼多，課程怎麼安排？這確是大問題。中大一直堅持在專業教育外，要有通識教育，就是希望「中大人」能成為合格的現代的中國知識人。這些問題，我在《大學之理念》中談得不少。

林：大學教育漸漸朝向全民化教育，大學教育的目標是否仍是培養專業人才呢？培養全人式的大學教育還有可能嗎？

金：你說到全人（total man）教育的問題，香港本地有些大學的教育目標誠然是「全人」教育，但在大學的結構中，推動全人教育與專業教育是有緊張性的。香港的大學行三年制，已經對通識教育扣上了緊符咒，很少空間發揮。再則，在香港，大學不能不重專業教育。原因呢？香港百分之八十五以上的大學生，畢業後會立即到社會上各行各業去工作，只有少部分

人會繼續念研究所。所以我們的大學教育不能不考慮他們日後就業的專業知識。因此，專業的課程排得很重。中大當然明白，大學只傳授專業知識是不夠的，不完整的，所以我們同時重視通識教育。至於專業教育中的雙方修制、主副修制等等，都是為擴大個人的知識視野。

林：人文教育在大學扮演怎麼樣的角色？

金：社會越發展，分工越厲害，學術的分裂與分化是不能避免的。在傳統時代，人文教育是大學的主導，但在現代，人文教育的位序已不再獨尊了。一九五九年，劍橋斯諾（C. P. Snow）就說到「兩個文化」的衝突，他說，劍河兩岸，一邊是人文，一邊是科學，他的話在太平洋兩邊引起很大的爭論，而這個爭論直至今天仍未完。社會學家柏深思（T. Parsons）更提出第三個文化的概念，即是社會科學。前些天華勒斯坦（I. Wallerstein）在科大講開放社會科學（open social sciences），我被邀去作評述。華勒斯坦認為社會科學未必能獨自成為一個文化，但它倒拉近了人文和科學的距離。他甚

至認為，從本體論講，人文（human）和自然（nature）不必截然對立。人的世界與自然世界有相通之處。

林：我們已進入二十一世紀，在第三個千禧年開始的第一個龍年，你如何看中國文化的前景？

金：今天我們畢竟已踏入了二十一世紀，我們傳統的文化宇宙已改變了。中國文化今天遇到的不是張之洞遇到的問題，也不是王國維遇到的問題，甚至也不是胡適之遇到的問題，我們遇到的是「科技性文明」的問題。我們所要面對的不是要不要「科技性的文明」，而是要什麼樣的科技性文明，過去科學在世界之中，今天世界在科學之中。海德格爾說過今天談文化，如不考慮科技是不會深刻的。對科技拒斥是沒有必要的。十六七世紀開始以來的科學，改變了「自然」，控制了自然。科學讓我們了解世界，科技則改變了世界。到了今天，科技已在改變「社會」。社會改變了，從我們早上出門上班坐車、搭電梯、打電話、用互聯網，一切都在改變。二十一世紀，科學開始要改變我們

「人」本身了，人的定義，人的存在的意義都會成為新問題。複製人會出現⋯⋯你可不要笑呀。中國文化，其實應該是人類的文化，都要面對科技性文明帶來的挑戰。科技在整體上無疑增加了人類的文明性，第二個千禧年開端之時，距今一千年，那時中國或西方的文明是怎樣的呢？我毫不猶疑地會樂意生活在今天的文明。你呢？誠然，新科技也帶來危機，有危險，也有機會，中國文化的理性的人文傳統在新文明的建構中，將會是科技的夥伴，而不是對手。中國文化的根本精神是非科技的，但不是反科技的。

林：三十多年前寫《從傳統到現代》，主張中國的現代化，不知你對近年對「現代化理論」的批判，對「現代性」問題的反思與討論，還有「後現代主義」的興起，有什麼看法？

金：我對中國現代化的立場沒有變，我認為中國更應加快、加深現代化。現代化仍是二十一世紀中國的大業，這是中國自十九世紀末葉開始的「現代轉向」的「漫長革命」（借用

Raymond Williams 的書名）。諾貝爾獎得主墨西哥大詩人帕斯曾説墨西哥是「命定地現代化」（condemned to modernization），其實，中國也一樣。至於「現代化理論」，乃指五六十年代美國柏深思開展出來，影響當時整個社會科學界的理論。「現代化理論」是有其理論的盲點，並且有「美國中心」的傾向性。但是，這個「特殊的」現代化理論的失勢是一回事，全球現代化的持續發展是另一回事。現代化之路不是一條，而是多條。同一理由，「現代性」也不能以歐美出現的現代性為範典（paradigm），它只是「現代性」的一個案例，當然是極重要的案例。今天學術界已有相當的共識，那未來出現的，或還在形成的是「多元的現代性」（multiple modernities）。不久前艾森思坦（S. N. Eisenstadt）在香港演講，也講的是全球多元現代性。中國現代化所追求的是一個中國現代性，或者説，中國的新文明秩序。現代性的建構是充滿發展空間的事業，並沒有一個先驗或預設的狀態。「後現代主義」一詞多義，有不同的流派，有不同的問題意

識。我在此不會討論「後現代主義」，至於「後現代主義」中持「現代之終結」的立場者，則迄今我還沒有看到真正有說服性的理據。誠然，「後現代主義」中對現代主義，對「現代性」的批判，確有重要的反思。不過「現代性」本身就是有內構的「反思力」（reflexivity）。總之，從社會學的觀點，我們還在建構「中國現代性」的過程中。

劍橋語絲

責任編輯：楊安琪
封面設計：吳丹娜
排　　版：時　潔
印　　務：劉漢舉

著　　者　金耀基

出　　版　中華書局（香港）有限公司
　　　　　香港北角英皇道 499 號北角工業大廈一樓 B
　　　　　電話：(852) 2137 2338　傳真：(852) 2713 8202
　　　　　電子郵件：info@chunghwabook.com.hk
　　　　　網址：http://www.chunghwabook.com.hk

發　　行　香港聯合書刊物流有限公司
　　　　　香港新界荃灣德士古道 220-248 號
　　　　　荃灣工業中心 16 樓
　　　　　電話：(852) 2150 2100　傳真：(852) 2407 3062
　　　　　電子郵件：info@suplogistics.com.hk

印　　刷　美雅印刷製本有限公司
　　　　　香港觀塘榮業街六號海濱工業大廈四樓 A 室

版　　次　2024 年 7 月初版
　　　　　© 2024 中華書局（香港）有限公司

規　　格　16 開（188mm×125mm）

ISBN　　978-988-8861-90-3